2019 제64회

現代文學賞 수상시집

안규철, 「두 개의 빈 의자」, 드로잉

| 현대문학상 기념조각 |

안규철

책은 양면적인 요소들이 중첩되어 있는 물건이다.
책에는 왼쪽과 오른쪽 페이지가 있고, 보이는 앞면과 보이지 않는 뒷면이 있다.
안과 밖이 있고, 시작과 끝이 있다. 흰 종이와 검은 잉크가 있고,
드러난 것과 숨겨진 것이 있으며, 저자와 독자가 있다.
서로 상반되면서 동시에 상호 의존적인 이런 요소들은 책이 닫혀 있을 때는 드러나지 않는다.
책은 상자와 같아서, 책장이 펼쳐지기 전에 그것은 무뚝뚝한 한 덩이 종이 뭉치에 불과하다.
책을 열면 이렇게 하나였던 것이 둘이 된다. 왼쪽과 오른쪽이, 안과 밖이, 저자와 독자가 거기서 생겨난다.
그리고 그 둘 사이에서, 낯선 한 세계의 지평선이 떠오른다.
마술사의 손바닥에서 피어나는 꽃처럼, 작은 책갈피 속에서 세계 하나가 온전한 윤곽을 드러낸다.
문학작품 앞에서 늘 그것이 경이롭다.

제64회 現代文學賞 수상시집

안미옥

지정석 외

현대문학

수상후보작

역대 수상시인 근작시

심사평

수상소감

수상작

지정석 외

안 미 옥

안미옥

지정석 외

1984년 경기도 안성 출생.
2012년 『동아일보』 등단.
시집 『온』.
〈김준성문학상〉 수상.

지정석

왜 그냥 넘어가지지가 않을까

귤을 만지작거리면
껍질의 두께를 알 수 있듯이

혀를 굴려보면
말의 두께도 알게 될 것만 같다

창틀엔 무수한 손
의자 모서리엔 많은 무릎이 겹쳐 있다

숨어 있는 의미를 헤아리려
애쓰는 사람이 되지는 말자고

못이 가득 쌓인 상자 안에서
휘어진 못을 골라내면서

생각한다
빗나간 망치가 내려친 곳을

두 귀를 세우고 뛰어가던 토끼가
멈춰 서 뒤를 돌아보았을 때처럼

앞니가 툭
바닥으로 떨어질 것 같다

붉어진 두 눈엔 이유가 없고
나의 혼자는 자꾸 사람들과 있었다

홈

얼음의 살갗을 가진 얼굴도 있다
녹아 흐르면서 시작되는 삶도 있다

아이에게 심부름을 시키고
도망치듯 사라져야 하는 사람도 있다

나무 탁자에 생긴
아주 작은 홈

이상한 기분을 가진 적 있다

자꾸만 뒤를 돌아보고 싶었다
가게는 멀리 있고

심부름을 다녀오면 사라져버릴 사람과
남아 있을 빈 의자

한 손에 달콤한 사탕이 들려 있다 해도

다음에 다시 만나,
그 말이 듣고 싶었다

왔다가 사라지고 왔다가 사라지는
창밖에
다 녹을 만큼만 눈이 내렸다

도무지 앞이 보이지 않는 시간은 그렇게 생겨난다
빛도 어둠도 없이
막아서는 것이 아무것도 없는데

누군가는 울고 누군가는 화를 냈다
우는 것과 화를 내는 것이 같은 것이라는 걸
몰랐다
참을 줄 아는 사람은 계속해서 참았다

모두에겐 그럴 만한 이유가 있다
모두에겐

아주 무거운 상자
무릎이 아픈 사람이 자주 무릎을 만진다

빛은 찌르는 손을 가졌는데
참 따듯하다

순간적

억지로 만든 표정은
얼룩덜룩하다

나는 흔적으로만
이야기할 수 있을 것 같다

왜 흔들리는 목소리를 갖게 됐을까

안에는 고요가 없어서
밖으로 흘러나오려 했다
뭉쳐 있다가 왈칵 쏟아지려 했다
계단처럼
윤곽을 가져본 적 있었던 것처럼

단단하게
바닥을 딛고 서 있는 일이 어려워
휘청거렸다

중간까지 갔다가

자주 되돌아왔다

해석자의 얼굴이 아니어도 된다고 한다면
전부를 알지 못해도 된다고 한다면

물렁해져서
다 말할 수 있을 것 같다

이제는 없는 동물에 대해
매 순간 바뀌는 날씨에 대해
간격이 없는 잠의 시간에 대해

해본 적 없는 일을 시도해볼 수도 있다
시도는 아주 작고
굴리면 굴러가는 것

구르고 구르다가 눈덩이가 된다면

부서지거나 전부 녹는다 해도

물이 되면 그만이다

론도

말에도 체온이 있다면
온몸에 꽉 채우고 싶은 말이 있다

다 담지 못할 것을 알면서

어둠은 깊이를 색으로 가지고 있다
더 깊은 색이 되기 위해

끝없이 끝없이 끝없이
계속되는 나무

한없이 한없이 한없이
돌아가는 피

궤도를 잃어버린 것 같았는데

이 집은 너무 작아서
죽어가는 소리도 다 들린다

긴 어둠처럼
얼굴이 흙투성이가 될 때마다

두꺼운 잠바를 입은 사람들이
숨을 목 끝까지 채우고 걸어가듯이

나는 바다를 통째로 머리에 쓰고
걸어 다니는 사람

수척한 천사를 데리고*

아슬아슬하게
대담한 사람으로 있고 싶었다

* 이상, 「흥행물천사」

계속

선생님 제 영혼은 나무예요
제 꿈은 언젠가 나무가 되는 것이에요

아이가 퉁퉁 부은 얼굴로
주저앉아 있다가

일어나 교실 밖으로 나간다

영혼이란 말은 언제부터 있어서
너는 나무의 영혼이 되어버렸나

영혼은 그림자보다 흐리고
영혼은 생활이 없고
영혼은 떠도는 것에 지쳤다
영혼은 다정한 말이 듣고 싶다
영혼은 무너지는 집 아래 깔린 나무의 몸통
영혼은 자라서
영혼은 벗어날 수 있는 곳
영혼은 찢고 부서지고 아물면서

안미옥 25

영혼은 있다

나무의 영혼은 의자가 된 날에도
의자의 영혼이 될 수 없어서
영혼의 삶이란 한번 정해지면 어쩔 수가 없는 것인가
생각했다 나무였다가 의자였다가
살았다가 죽었다가 그럴 수가 없어서
오늘도 나무의 영혼은 막연하게 앉아 있다

막연하게 책상 앞에
앉아서 있다

펭귄의 발등 위에 놓인 고요한 알처럼
눈동자를 오롯하게 뜨고 살다 보면
나무의 영혼은 나무의 영혼으로서
자라고
겨울을 나고
배부르고
밤을 따뜻하게 보낼 수 있게 된다

죽은 사람을 보지 않아도 된다

그렇게 될 거야
말할 수 없어서

나무의 영혼도 아닌 나는
의자처럼 침묵처럼
옆에 놓여 있었다

조도

겨울나무 끝에 매달린 열매
창문 너머에 있다

여름날 생선 좌판에
남아 있는 흰 빛깔의 얼음

어디쯤 온 것일까

천변을 걷다가
오리가 먹을 것을 찾기 위해
제 얼굴을 전부 물속에 집어넣는 것을 보았다

누군가에겐 전부일 수 있는
아주 작은 추

매일 반복되는 다짐이나
비약으로서만 말해질 수 있는 것
무미한 기념품들 속에서 내가 겨우 찾은 것

왜 하나의 문장이 벽돌처럼 무거워질까

나는 얼굴을 몸속에 집어넣었다
안에서 쏟아지고 안에서 흘렀다

잊고 싶은 건 언제든지 잊을 수 있다고
얼마든지 잊을 수 있다고

빛의 손가락이 아무리 휘저어도
멀쩡했다 나는

아무도 모르게 안에서
고이고 안에서 썩었다

제이콥(demo)

　나는 그릇을 만드는 사람입니다. 그릇을 만들면 그릇이 쌓입니다. 쌓인 그릇에 가로막혀 있습니다. 그릇은 만들기만 하면 자꾸 쌓이고. 쌓이고 또 쌓이는데. 나는 그것을 어찌지 못하는 사람입니다. 어찌지 못해서 그릇만 계속 만들고 있는 사람입니다. 해가 바뀌고 있다고 하는데 알지 못했습니다. 알지 못했는데 놀랍지 않았습니다. 그릇이 바닥이라는 것을 갖게 되었을 때처럼.

　사람들이 아무렇지 않게 하는 말을 나는 듣고 있습니다. 듣고 듣고 또 들었습니다. 계속 생각했습니다. 만드는 것과 듣는 것 계속 생각하는 것. 손을 움직이는 것. 몸을 쓰는 것. 몸과 함께 가는 것. 밀고 나가는 것. 무늬를 만드는 것. 무늬의 결을 만들 때마다 떠올리게 되는 것. 저에게도 사람들이 있었습니다. 방문을 두드리는 사람들. 그릇들이 쌓여서 창문을 가리고 문을 막아버렸는데. 사람들이 두드리면, 그릇들이 위태롭게 흔들렸습니다. 무섭게 흔들렸습니다. 그런데 깨지지도 않고…… 발밑의 그릇들이 눈에 밟혔습니다. 꼿꼿한 그릇들을 밟고 내가 서 있었습니다. 왜 이렇게 튼튼하게 만들었을까, 생각하면서

　나는 그릇을 만드는 사람이었습니다. 지금은 어째선지 그릇은 만들지 못하고 그릇에 담을 음식만 만들고 있습니다. 나는 요리사도 아닌데 계속 음식을 만들고 있습니다. 작고 맛있는 음식을 만들

었는데. 먹어보면 아무런 맛이 없었습니다. 음식에서 그릇 맛이 났습니다.

수상시인 자선작

콘크리트

무엇을 꺼낼 수 있을까
그날의 일로부터 시작하려고 했는데
나는 통과할 수 없을 것 같다
차갑게 언 신발을 신고 있어서
걸을 수 없을 것 같다
유령이면서
사물과 사람을 통과하지 못하고
부딪히면서 혼자 넘어지고 혼자 튕겨 나가면서
그렇게라도 가보려고 했는데
활짝 열린 통로 입구에서
희박한 몸의 모서리라도 맞춰보려 했는데
단단한 장갑 안에 손을 끼우면
내 손도 단단해질 수 있을까
단단한 손으로는
깨뜨리고 싶은 것은 무엇이든 깨뜨릴 수 있게 되겠지
수시로 떠오르는 얼굴 같은 것
불현듯 찾아오는 목소리 같은 것
완전해져가는 변명들을 깨뜨릴 수 있겠지
전구는 얇고 전구는 쉽게 뜨거워지고

전구는 언제든 조각날 수 있다 언제든 팍, 하고 터질 수 있다
사방으로 흩어지는 조각들은 자유롭게
날아갈 수 있다
통과하지 못한다면 관통하면서
언 발로 뛰어다니다 깨진 발이 되어서
나아갈 수 있다

가드너

얼려놓아야 할 것이 많은데
냉동실이 꽉 차 있다

방 안에서 우두커니
혼자 돌아가는 냉장고 소리를
듣고 있다

냉장고 안엔
죽은 것들만 들어 있다

검은 봉지에 담겨
오랫동안 얼어 있었던 것

가장 낮은 칸엔
가장 무거운 것이 들어 있다

가정 방문

얼음 구덩이 속에 한 사람이
아직도 구덩이를 파고 있다

깊은 곳엔 다른 것이 있을 거야
믿고 싶은 사람의 손이
점점 더 아래로 내려간다

얼음투성이의 손을 가진
사람의 뺨은 붉고

밖에 세워진 수족관이
통째로 얼어 있다

헤엄치던 물고기들이
함께 얼어버린 것을 본다
정지된 채로 움직이고 있는
꼬리와 지느러미

한 사람은 계속해서 구덩이를 판다

그다음이 있다는 듯이
다음의 다음을 만나려는 듯이

언제까지 파 내려가게 될까

잠 속에서는 모두가
살아 있기 위해 움직인다

나는 가장 밑에 있는 손을
잡는다

여름잠

아주 열린 문. 도무지 닫히지 않는 문.

나는 자꾸 녹이 슬고 뒤틀려 맞추려 해도 맞춰지지 않았던 내 방 문틀을 생각하게 돼. 아무리 닫아도 안이 훤히 보이는 방. 작은 조각의 침묵도 허락되지 않던 시간으로 돌아가게 된다. 아주 사적인 시간으로 들어가게 된다. 그러나 그러고 싶지 않아서.

네 문을 닫아보려고 했어. 가까이 가면 닫을 수 있을 거라고 생각했는데. 자꾸만 비틀어진 틈으로 얼굴을 밀어 넣고, 안에 무엇이 있는지 보게 되었어. 안에는 아무것도 없었다. 네가 가진 것은 모두 문밖에 나와 있었고, 나는 그게 믿어지지 않아서 믿지 않으려 했다.

춥고 서러울 때. 꿀병에 담긴 벌집 조각을 입안에 넣었을 때. 달콤하고 따뜻했어. 꿀이 다 녹고 벌집도 녹았다. 아무것도 남지 않을 거라 생각했는데. 다 녹아도 더는 녹지 않고 남아 있는 것이 있는 거야. 하얗고 끈끈한 껌 같은 것이. 그런 밀랍으로 만든 문. 네가 가진 문은 그런 것 같다.

책상 위에 놓여 있는 검은 돌. 네가 준 돌을 볼 때마다 단것이 떠올라. 돌은 겹겹이 쌓인 문이고, 돌 안에 켜질 초를 생각한다. 내내 초를 켜려는 사람이 있었다. 초를 켜면 문이 다 녹는데. 자꾸만 그 것을 하려는 너에게. 나는 조언을 해. 그건 다 내게 하는 말이야. 모두 나 자신에게 하는 말들뿐이다. 마음에 담아두지 마.

잠시 죽었다가 깨어나는 삶과 죽었다가 잠시 깨어나는 삶. 둘 중 무엇을 선택하겠냐고 물었다. 나는 죽었다가 잠시 깨어나 있는 것이면 좋겠다. 어디서부터 시작이고 어디까지가 끝인지 알 수 없어서 자꾸 깨어나는 것 같아. 마지막 인사는 마지막에 하는 인사가 아니라, 마지막이 올 때까지 하는 인사일까.

따뜻한 물로 손을 씻을 때마다 네 생각이 난다. 이름 붙일 수 없는 일들은 마음에 오래 남는다고 하더라.

안녕, 잘 지내. 여름을 잘 보내렴.

컨테이너

방 정리를 해야 합니다. 책상 앞에 앉으려면 책상 정리를 해야 합니다. 쌀을 씻으려면 싱크대 정리를 해야 합니다. 정리하지 못한 것은 덩어리인데. 쪼개면 쪼개집니다. 파편처럼.

쏜살같이 쓰려고 쏜살이 뭔지 생각합니다. 쏜살보다 먼저 도착하려고 했는데…… 우선은 화살을 쏘아야 했습니다. 화살을 찾을 수 없어서 내가 화살이 되어야 했습니다. 부서뜨리고 싶은 줄 알았는데 부서지고 싶었습니다. 버스는 휘어지고.

이제 휘어지는 버스를 타고 한강을 건넙니다. 휘어진 버스를 타 본 사람이 됩니다. 위험합니까. 위험한 순간입니까. 그저 버스를 탔을 뿐인데…… 나중이 되어서야 알게 되는 사실이 있습니다. 그건 나중이라는 시간이 가진 재능. 알 수 없는 일들에 둘러싸여 가만히 나중을 기다리면서.

깊어지고 싶었는데…… 깊어진다는 게 커다란 공터를 만드는 일인 줄 몰랐습니다. 넓어지는 공터에 저 혼자 앉아 있는 일인 줄 몰랐습니다. 순식간에 발이 빠지는 일이라는 걸. 옆은 비워둘까요. 꽉 찬 말은 들어본 적 없으니까요. 주머니는 꽉 차 있어서 터지는 게 아닙니다. 터진 곳이 있어서 흘러내리는 겁니다.

　개를 껴안고 횡단보도를 건너는 사람을 보았습니다. 사람보다 큰 개를 안았다고 씁니다. 그러면 나중엔 사람보다 큰 개를 안은 사람을 본 적 있게 되기도. 안전합니까. 최소한의 바늘 끝으로도 구멍은 메워지는데. 부서진 의자에 앉은 적 있다고 생각하면, 부서진 의자에 앉아 있던 시간을 믿게 되는데.

모로코식 레몬 절임

너의 안부를 전해 들었다

펼치면
전부 펼쳐질 것 같았다

입구를 꽉 묶어두었던
가느다란 실이 풀릴 것만 같았다

주머니 안에 넣을 수 없었다
주머니는 자주 비워야 하고
빨래를 할 때마다 속을 뒤집어야 했으니까

멀리 있다가 가끔씩 찾아오는
한겨울의 눈처럼

녹지 않고 쌓일까봐
겨울이 계속될까봐

얇게 저민

레몬 슬라이스, 소금과 함께
병에 담아 밀봉하였다

레몬 절임에도
상온에서의 시간이 필요하다

한 달이 지나면

다 녹아 알맞게 절인 레몬과
뒤섞인 안부를
컵에 담고 뜨거운 물을 부어
휘휘 저어볼 수 있겠지

그러면
아무렇지 않은 얼굴을 하고
마셔볼 것이다

적어도 따뜻하게 사라질 수 있게

폭우와 어제

우산을 건네는 사람이 있다
그게 나는 아니다

모자를 쓴 사람이 있다
그건 나였을 수도

알아들을 수 없는 말로
전할 수 없는 것을 전하려 할 때

뿌리가 깊어서
꺾이지 않는 나무구나

비는 오늘만 오는 것이 아니고
내일은 오지 않는 것도 아니어서

불투명한 얼굴

내일 또 공원에 갈 것이다
벤치에 앉아 햇볕을 쬐고

잠깐씩 어제를 생각할 것이다

　어제는 구름 같고, 쟁반 같고, 빙하 같고, 비탈 같고, 녹고 있는
소금 같다. 햇빛에 투명해지는 초록 같고, 안부를 묻는 부케 같고,
부은 손 같다. 상한 빵 같고, 어린 개의 솜털 같고, 바닥에 떨어진
동전 같다.

　어제가 좋았는지 나빴는지
　알 수 없는 기분이 되어

　공원 앞 찻집에 앉으면
　또 생각하게 된다

　어제는 많은 일이 있었다
　어제는 어제를 버릴 수가 없었다

　가방에 담긴 것이 무엇인지 알 수 없게
　묶어둔 사람은 잊지 못하고

언제까지 착한 나무가 되어야 할까
얼마나 더 큰 나무가 되어야 할까

오늘은 기필코 가방을 열어보기로 한다
가방을 열어보려고 손잡이를 잡는다

또 손잡이를
영원히 손잡이를 잡는다

영원히

이젠 다른 이야기가 하고 싶다

어제가 다 닳아서
반도 남지 않을 때까지

나누지 않고 돌보지 않고
아무도 돌아보지 않을 그런 이야기

누군가가
제멋대로 들어도 좋을 이야기
웃기지도 않을 이야기

그렇게 생각하면서

여행을 가서는 여행만 하고
돌아올 땐 돌아오기만 하고

집에서는 집에만 있었다
어제는

픽션

나는 지금을
두 번 생각한다 세 번 생각한다

덩어리로 조각으로
긴 선으로

손끝에 맺힌
핏방울처럼

본다

수상후보작

김이강

정거장 가는 길 외

1982년 전남 여수 출생.
2006년『시와세계』등단.
시집『당신 집에서 잘 수 있나요?』『타이피스트』.
〈혜산 박두진 젊은 시인상〉수상.

정거장 가는 길

덜컹거리는 버스를 타고 도시를 달린다
양파를 얻으러 가는 길이었는데
도무지 정거장 이름이 생각나지 않는다
나는 다시 전화를 건다
엄마, 거기가 어디라고 했었죠?
예, 양파 얻어 오라고 하셨잖아요?
엄마에게 답을 듣고 끊었는데도
달리는 버스에서 내릴 수가 없고
벨은 닿지 않는 곳에 있다
다시 전활 걸어볼까
맞은편에서 오는 버스 기사가
우리 버스 기사를 향해 손을 올린다

낮에는 구름을 구경했는데
밤에도 구름이 보여서 손을 흔들었다

나와 클레르의 오후

성당이나 서점을 지나 걸었다
오래된 다리 위에서 클레르가 뒤를 돌아보았다

빨리 와.
응. 빨리 갈게.

클레르의 운동화 바닥은 안쪽부터 닳는구나
걷는 사람들의 오른쪽 뺨이 석양을 받고 있다

트램을 타고 외곽으로 간 우리는
어느 황량한 정거장에서 잠시 머물렀다
낮게 이어진 콘크리트 외벽들이 푸르게 잠기어간다

돌아가는 트램을 기다리다 클레르가 말한다
눈을 깜빡이더니
크게 웃는 클레르

가로등과 가로등 사이였기 때문에 클레르의 얼굴엔
빗금처럼 어둠이 쏟아졌다

잠시 후 나는 잊고 있던 도시락 가방을
클레르의 배낭에서 꺼낼 수 있었다

아이스크림 두 개 주세요[*]

다정하게 네 손을 찾아보기로 했어

내 검은 장갑 한 짝을 끼워놓으니 알맞았지
네 장갑은 가방에 있다고 했어
말이 되니?

춥고 그립고 소용없었는데
그럭저럭 지난 여름밤 이야기를 꺼내보았지
곧 녹아서 없어질 것 같은 산을 올려다보며

시원하다고 말한 건 너야
그렇긴 했지 아이스크림 같았어
네가 준 두 권의 책
마주 잡은 두 개의 맨손

맨손으로 지어서 맨숀 아파트가 되었다고
어른들이 농담하던 아파트 얘길 했어
너는 깔깔깔
나도 깔깔깔

그런데 그것 참 이상했지
아이스크림 장수 할아버지가 우리에게
모자를 벗고 인사했지 않니?

단지 두 개를 사 먹었을 뿐인데

* 밴드 잠의 곡, 「거울놀이」. 이전에는 임병수의 「아이스크림 사랑」이 있었다.

서머 타임

평희의 밀짚모자가 걸어간다
밭이랑을 따라 해안선까지 닿는 것
모자를 쓴 평희뿐이다

둘이서 마루에 누웠다가
저녁을 해 먹었다

저녁인 줄 몰랐는데
밥상을 들고 나오는 평희의 목과 얼굴에
해가 기울어 비추었다
멈추어 서로를 바라보던 일

저 애가 가는 곳은 어디일까

마루로 돌아와서 지도를 다시 펼치고
손가락을 짚어 해안을 따라 걸었다
끝나지 않았다

이런 것이 백야구나

평희 것과 같은 모양의 모자가
벽에 걸려 석양을 받는다

밀짚모자를 쓴 평희가
해안선을 따라 걷고 있을 것이다

평희에게 말했다

평희야, 너 등에 붙은 거미.
평희가 그대로 멈추었다

해가 비스듬하게 떨어지는 오후에
따뜻한 평희 등에 선 거미가 느리게 걷고 있다

지팡이 짚고 걷는 노인처럼
느릿느릿

평희가 묻는다
어쩔까?
어쩌긴. 그냥 걷자.

평희가 무릎을 곧게 펴더니
콩콩 하고 스프링처럼 뛴다

평희가 고맙다고 했다
내가 거미 쪽으로 왔다는 것이다, 오히려

거미는 목으로 걸어갈 수도 있고
평희의 브이넥 셔츠 안으로 기어 들어갈 수도 있다

그렇지만 오늘따라 평희는
소매도 없고 배꼽까지도 못 가는
시원한 옷을 입었다

걱정 말렴, 모든 길이 탈출로야

등대로

성훈이가 걸어간 길을 잊을 수 없다. 가벼운 그 애가 나를 업고 걸었던 길. 모래사장은 없고 부두만 이어지는 바닷가 마을. 그가 말했다. 면접관이 키틀러를 히틀러로 오해했어. 키틀러를? 히틀러로? 말도 안 돼. 그가 고개를 끄덕였다.

면접관을 내가 죽여줄까? 그가 웃는다. 정말이야. 응? 말해봐, 너의 말. 그가 웃는다. 나는 그의 등에서 내려가야 한다고 생각한다. 그의 웃음은 어떤 것일까. 그러나 내려가지 못한 채 바다가 멀어지고 있다.

성훈이가 걸어간 길을 잊을 수 없다. 나래의 생일 꽃다발을 들고 있던 날. 나래의 엄마가 된 정은이의 손을 잡고 오래 멈추어 있던 길. 벚꽃이 지려나봐.

나래 나래 하며 걷는다. 그가 말한다. 나래 나래. 내가 말한다. 나래 나래. 그의 어깨에서 정은이의 머리칼 향기가 나래의 향에 섞여 들어온다. 눈길에 후드득 떨어진다. 그런 것을 사람들이 오래 바라본다.

사람들이 오래 바라보는 일을 잊을 수 없다고 그가 말한다. 그가 나를 업고 걸어가는 길.

우리가 걷는 길. 결국 면접관을 죽이러 가게 될 것이다. 면접관이 피 흘릴 것이다. 돌을 매달아 멀리 던져버리자. 그가 웃는다. 부두에 바람이 불어 내 머리칼이 성훈이를 자꾸만 간질인다. 그가 웃는다. 가벼운 그 애의 등에 대고 말한다. 그러자 그도 말한다. 바다가 넓어지고 있다.

고릴라와 함께

극장 문은 열려 있고
고릴라 한 마리 한가운데 앉아 있다

지겹고 졸린 영화를
고릴라와 내가 본다

고릴라의 털에서
튤립 향이 난다

튤립이 아니고 국화요.
국화요? 아닌데요. 분명히 국화는 아닌 것 같은데요.
우린 서로를 바라본다 스크린 속에서는 인명 구조대원이 하루
종일 높은 곳에 앉아서 책을 읽는데 잠시 들어온 극장에서 우리가
왜 이럴까

그러오?
네. 아니요. 국화일 수도 있고요. 모르겠어요.
나도 모르겠소.

나도 모르겠소
자꾸 발음해본다
나도 모르겠소
그런 말을 하며 살아야 하는데

그가 날 보고 엷게 웃는다
양지바른 곳이란 어떤 걸까요? 당신도 아직 모르겠군요. 생에서
는 알 수 없는 것이니까요. 당신은 어떻게 퇴장하나요? 네발로? 아
니면 지팡이를 짚고? 어디로 가나요. 제가 좋은 바를 알고 있어요.
거기 사장님이 선곡을 끝내주게……

그러자 고릴라
한 손으로 내 한 손을 잡고
바람 부는 스크린을 가리킨다

우리 모두가 알던 불빛 같은 것이 반짝인다

정말로, 정말로 모두가 알까?

고릴라와 함께
끝없이 올라가는 크레디트를 바라보는 일

정말로
그런 일

김 현

태초에 이 들판에 한 마리 호랑이가 있어 외

ⓒ신나라

1980년 강원도 철원 출생.
2009년『작가세계』등단.
시집『글로리홀』『입술을 열면』.
〈김준성문학상〉수상.

태초에 이 들판에 한 마리 호랑이가 있어

한번은
어린 나이에 뒤를 돌아보게 되어
눈물이 흘렀다

앞으로도 이렇게 산다면
더는 살고 싶지 않아요

베트남에서 온 보모에게 말하려 했으나
보모도 눈물을 참을 수 없어
나를 눈물 옷장 속에 넣었다

밤이었다
이 편한 세상
눈물이 쏙 들어갔다
발 뻗고 누웠다
네발로 다니던 때도 있었다
흰 곳에 푸른 무리를 가진
한 마리 호랑이
사람을 뜯어 먹고 살았다

내가 웅옥 찐이라면
울음을 뚝 그치고
멀리 달아났을 텐데

웅옥 찐은
어린 나이에
백인 주인의 와이셔츠를 다림질하면서
상상의 나래를 펼쳤다
옷장 속이 열리면 다시 옷장 속이 나오고
옷장 밖으로 나가면
이도 저도 아닌 곳이 나타나
호랑이에게 물려 가도 정신만 바짝 차리면 된다
다시 옷장으로 들어가 옷장 속으로 나와 옷장에서 나오면
어른이 되는 것이다
그러나 웅옥 찐은 쓸고 닦다가
눈물이 집어삼키는지도 모르고
자연인이 되어 자연사를 앞두고 있다

웅옥 찐의 눈물을 뜯어 먹다가

사레들려 눈물의 뼈를

켁켁 토했다

눈물이 났다

눈물에 이토록 살코기가 많은 줄 진즉 알았지

응옥 찐도 어린 나이에

더는 살고 싶지 않아서

생선 수프가 담긴 접시를 깨뜨렸을 것이다

쫓겨나려고 자유의 몸이 되려고

응옥 찐의 언니 남동생 이모 사촌 동생은 즉사했고

응옥 찐의 아버지는

한국군에게 총 맞아 죽었고

응옥 찐의 어머니는 한국군에게 정신을 빼앗겼다

그런데도 응옥 찐이 민간인으로

학살자들의 땅에 와서 나를 눈물 옷장에 넣어두고

돈이면 다인가

이 쌍년아

돈다발을 던져줘야지

근본도 없는 년이라고

조상 볼 낯도 없는 년이라고

홀로 눈 덮인 들판을 거닐었다
녹는지도 모르고
눈물이 되는지도 모르고
돌도끼가 날아와 눈물의 오장육부가 터졌다
가죽이 벗겨지고 살코기는 발리고 뼈만 남았다
그제야 나는야 눈물의 정수
옹옥 찐이 다가와 나의 뼈를 바구니에 담았다
무쇠솥에 물을 붓고 뼈를 담가 사흘 밤낮으로 끓인 후에
그 뼛국으로 제를 올렸다
억울하게 죽은 조상들이 그걸 먹고
기쁨에 겨워 눈물을 흘렸다
상상의 나래를 펼치면
어째서 이토록 창피한 걸까
태어나길 잘못 태어났다
나는 옹옥 찐을 부를 줄 알고
쓸 줄은 모른다
옹옥 찐 옹옥 찐
옹옥 찐이 문을 열고
옹옥 찐이 나오자

응옥 찐에게 매달렸다
자꾸 뒤를 돌아보면
자유의 몸이 크게 노하실 거예요

문을 열고
응옥 찐을 물고
어둠 속으로 뻗은 계단을
네발로 내려왔다
다 컸구나
살면 살고 죽으면 죽는 거다
눈물이 이토록 크고 맑은 것인지 진즉 알았더라면
먹는 대로 싸지르지 않았겠지
눈물 옷장 속에서 나오자
사위가 고요했다
태초구나 여기가
문이 열려 있었다

불멸이 자기 꼬리를 물기 위해 돌았다 돌았어

강아지 한 마리가 교실로 들어왔다
다 가지려고 했는데 갖지 못하고
수진이도 갖지 못했지만
강아지는 수진이를 따라갔다
수진이가 오늘 밤 죽을 결심을 했기 때문이다
그 강아지의 이름 불멸
태어날 때부터 죽을 때까지 누가 지어주지 않았는데도 불멸
불멸은 지난 시간 수양관 개새끼였다
글을 읽을 줄 알았으나 불멸의 세계에서
글 같은 거 아무짝에도 쓸모없는 거
불멸은 구도를 위해 산으로 갔다
바위산 겨울이면 인간이라고는 코빼기도 찾아볼 수 없는
미끄럽고 흰 산
정수리를 땅에 대고 불멸은 난 몰라
식음을 벼락과 같이 전폐했다
그을린 불멸을 발견한 건
기원전 10세기였다
여보, 이것 좀 먹어보세요, 맛이 썩 좋아요
기원전 10세기의 여보도 기원전 10세기로서

불멸을 먹고 살았다 대대손손

대대손손이라는 말은 참으로 흉흉하여

관혼상제가 발달하고 전쟁 중에 가문 여럿이 멸하였다

기도를 올리고 헌금함을 돌리고

자 지금 빤스를 내리는 자가 구원받는 자이니라

집집이 불멸 한 마리쯤은 키우게 되었다

그러나 수진이네는 없었다

하루 벌어 하루 먹고사는 집이 드물다 해도

그게 수진이네라네

강아지 한 마리가 수진이와 한 이불 속에 누워 있었다

수진이는 날로 씩씩해질 운명에 처했으나

3학년 언니를 생각할 때면 자주

언니에게 해줄 수 없는 것들이 생각나 눈물 바람

이번 계절만 지나면 언니는 이제 이 작고 좁고 얕은 동네를 떠나
크고 넓고 깊은 곳으로 가겠지

수진이는 언니와의 이별이 싫어 싫다고

수진이를 남겨두고 가지 마요, 나도 갈래

수진이는 3학년 언니의 책상에 국화를 한 송이 올려두고 돌아
나오며

자신이 얼마나 우매한 년인지 자기밖에 모르던 괴이한 년인지
앞으로도 살 자신이 없어졌다
3학년 언니는 대대손손 부족한 게 없는 집안의 사람으로서
마음의 다리 한쪽이 아파 절름발이였다
수진이만 그걸 알았지
수진이가 3학년 언니와 공공도서관에서 처음으로 유유할 때
3학년 언니는 수진이에게 읽어주었다
이 사원은 기원전 10세기에 세워진 것으로
수진이는 3학년 언니에게 읽어주었다
그때 당시의 사람들은 믿었던 것으로 추정된다
수진이는 한 마리 강아지의 털 속에 얼굴을 묻고 울었다
왈왈 컹컹 낑낑
배가 고파 이불에서 나와
생콩을 씹어 먹었다
수진이는 불멸을 껴안고 이를 쓰면서
죽는 건 내일로
오늘은 3학년 언니도 좋아했던
우리 오빠들의 노래를 들어야지
불멸의 세계에서 아무짝에도 쓸모 있는 것들을 생각하며

흰콩을 먹고 또 먹다가 배가 고파서 이불 속에서 잠이 들었다
불멸이 수진이네를 나와
기원전 10세기 자손들이 사는 곳으로 향하였다
저게 미친 게 틀림없다
사물함 앞에서 뱅뱅 돌던 강아지 한 마리가 봄볕이 드는 창가에
엎드려 잠이 들었다가 사라지는 꼴을 보고
모두 다 한마디씩 보태었다
수진이는 지금쯤 어디에 있을까

실존이 똥칠을 하고서

삼각지에 앉아서
하늘의 새들을 보았어요
왜 이리 슬플까
관념적인 구도 속에서
새들의 최후는 추락일까요
날아오르지 못하는 걸까요
어깨동무한 흑인들이
한국 정부는 난민을 인정하라
티셔츠를 입고 중화요릿집으로 들어가고요
짜장과 짬뽕은 참 역사적이지요
형, 형이랑 집회 대오에서 빠져 단둘이 대한문 앞에 남겨졌을 때
생각나요
형, 저는 물고기예요
나는 물고기 차별에 반대하지만 이해는 할 수 없다
야 이 씹새끼 계급주의자야
형과 탕수육 소짜를 나눠 먹으며 대취했지요
졸업과 함께 형은
저와 자지 않았습니다
형은 지금도 회고하겠지요

조국과 민족의 무궁한 영광을 위하여
자식은 둘
45평 아파트와 포르쉐
묶인 돈이 7억 8천
형이 동남아 가서 마사지 받은 얘기는 들었습니다
슬퍼하지 마세요 하얀 첫눈이 온다고요
입술을 뻐끔거리며 기다렸어요
형이 나타나길요
형이 저라면 형은 형의 배를 땄을까요
가령, 실존적으로 말해
형이 자주 했던 말입니다
형, 형이 싼 똥으로 온몸에 똥칠하며 뒹굴던 호시절도 있었죠
저는 형의 냄새가 좋았습니다
그러니까 그렇게 핥았겠죠
어제 형의 부고를 받고
부모에게 전하였습니다
무덤에서는 평강하온지
형은 저를 기사에서 보았다고 했지만
그 기사는 저도 보지 못해

아직도 그렇게 사냐는 말에,
이해할 수 없지요?
형은 그 나이를 먹어도 아직 똥칠이 그립던가요
원한다면 해드릴 수 있지만
저도 낼모레면 마흔넷입니다
왜 이리 기쁠까
고개를 내리니 형도 저도 참 젊네요
오향장육에 배갈 한 병
잘 지냈냐
잘 지내셨지요
대단하다
대단하세요
시간이 참 빠르다
시간이 참 빠르지요
가자
가요
이승의 호프에서 미끄러지는 형을
끌고 나오는데
대리, 가자, 대리, 가자

형이 돈을 쥐여줬지요
무슨 뜻이었을까요 자본주의는
여명은 효과가 있던가요
새 빤스는 침대맡에 두었습니다
이제 내가 싼 똥은 내가 치우는 것으로
같이 늙어가는 처지에
윗물 아랫물이 어디 있습니까
저는 형이 차별받지 않길 바라지만
이해하지는 않습니다
형, 돌아가는 삼각지에 앉아서
하늘의 새를 보세요
가령, 실존적으로 말해

가까운 미래에 우리는 아날로그가 됩니다

영규 휴가 나옴
백두에서 한라까지 오후 다섯 시

눈으로만 볼 것

보았니
보았지
가니
갈 거니
갈까
가야지
다 잊었니
우린 젊잖니

영희는
풀무질 게시판에 꽂힌 종이를 떼어
자신을 빼져나왔다
아무도 오지 말길
영규 형과 둘뿐이길

초여름 교정의 먼 길을 돌아 가까운 곳으로 갔다
파란불도 없는 횡단보도를
소리 내어보고
한터소리에서
청계천 8가를 불러주던
영규 형을 좋아했다
노동 해방은 쥐뿔도 모르면서
좋아해 형이 부르기도 전에
그런 입으로 동지라고 말했는데
영규 형
그러나 지금은 우리 둘이 땅끝에 갔던 걸 생각해요

땅의 끝으로 걸어가서
여기가 땅끝
끝이야
우리도 끝이라고요
의문을 가지고 인생을 새롭게 살자고 다짐을 하면 될 걸
못 하고
흑염소탕을 먹고 열불이 나서

찬물을 서로의 등에 부어줬지요
형의 등은 휘어질 대로 휘어져서
보리도 키울 수 없고
호랑이도 뛰놀 수 없고
기껏해야 돌을 세워 돌을 올려놓고 무덤 속에서
메—에 하고 염소가 풍겨 나왔습니다
등이 이렇게 무너져서
이 험한 세상을 어떻게 헤쳐 나갈래
형이 제 등을 공연히 두드려서
제가 토하고 말았죠
역사의 굴레를 시원하게
그때 이후로 저와 형은 검은 털이 숭숭 돋은 후일담이 되고자 하
였습니다
젊어서 백 년 다르고 늙어서 백 년 다르다지만
영규 형 우리가 그때 그 바위 위에
검은 똥을 누었던가요 힘을 줬던가요
사뿐사뿐 이승을 거닐었죠

영회는 로터리에서 들려오는 최신가요를 듣다가

그만 종이를 씹어 먹었습니다

배 속에서

영회는 영규 형을 보고

인사도 못 하고 멀찌감치 떨어져 앉아서

괜스레 허파꽈리를 톡톡 터뜨렸습니다

웃다가 실실 웃었습니다

그런 자신을 인간으로 볼 것인가 짐승으로 볼 것인가

오장육부에서 갈등 한판이 벌어졌습니다

백두에서 한라까지

가느냐 마느냐 그것이 문제로다

영회는 창자의 언저리에 우두커니 앉아서

오늘 난 편지를 써야겠어 전화카드도 사야겠어

형이랑 있었던 일을 떠올리다가

뒷목을 잡고 쓰러졌습니다

영규 형이 달려왔습니다

언제 사람이 될래

메에

울었습니다

다섯 시에 가보니 아무도 없고
영규는 영회와 마주 앉아 있었습니다
둘은 새까만 눈동자를 가졌고
어느 청년 노동자의 삶과 죽음을 강독하다가
이 모든 게 꿈인 줄 알게 되고
잠에서 깨어
서로의 등에 묻은 흙을 털어주고
무덤을 나오며 속닥거렸습니다
여기가 끝인가
여기가 끝인 거 같아요

영회는 애상에 젖은 채로 간신히
똥꼬를 빠져나왔습니다
구깃구깃한 것을 잘 펴고
실존을 강타할 노래가 속수무책으로 튀어나오는 리어카를 지나
풀무질로 들어가 영회는 다시

영규 휴가 나옴
백두에서 한라까지 오후 다섯 시

눈으로만 볼 것

처음부터 시작했습니다
시계를 보았습니다

무덤

현아 누나 저는
어려 삶은 돼지고기의 맛을 몰랐으나
이제는 비계에 붙은 살을 먹을 줄 알아
겨울이면
창문마다 뽁뽁이를 붙일 일 없고
수도관이 터지지 않으나
여전히 빈곤층으로
한겨울을 나기 위해 두꺼운 점퍼를 사서
고이 접어 마음에 두었습니다
이렇게 쫄깃하고 고소한 맛을 모르고
어떻게 평생 살 생각을 했을까요
누나를 만나고 돌아와
끓는 물에 돼지고기를 삶으며
인생을 되돌아보았으나
오늘이 제 생일입니다
생일이면 생일이 기억납니다
누나와 제가 상계동에 살 적에요
누나의 생일에 누나의 집이 무너지고
제 생일에 저의 집이 무너졌습니다

아니지요

누나의 생일에 누나네 식구들이 우리 집에 와서 하룻밤을 해결하고

제 생일에 저희 식구들이 누나네 집에 가서 신세를 한탄하였습니다

그때 어머니와 아버지는 찍소리도 못 하고 쫓겨났어요

그럴 거면서

그렇게 될 거면서 돼지고기는 어지간히 좀 먹지

힘도 못 쓰고

어머니와 아버지는 88년에 동생들을 만드셨습니다

현아 누나 누나가 서촌 본가궁중족발에서

투쟁 투쟁 투쟁 이러지 않고

우리 엄마 아빠도 쫓겨난 사람들입니다

—

저는 누나와 저의 나이가 엔간히도 시대착오적이라는 생각을 하게 되고

고개를 숙였습니다

저는 아디다스 운동화를 신고 있더군요

정말이지 돈이 무섭습니다

누나도 그렇겠지요

여러분 우리가 지금 서 있는 세상은

보증금 3000만 원을 1억 원으로 300만 원 월세를 1200만 원으로 올리는 세상입니다

끝도 없이 오르는 세상만사

현아 누나 이제 제 생일 이야기를 들려드릴게요

잘 삶아진 돼지고기를 숭덩숭덩 썰어서

쟁반에 담아서 밖으로 걸어 나갔습니다

겨울밤 고기 냄새는 어찌나 황홀하던지요

호랑이 한 마리가 저의 태초를 쫓아오더랍니다

쫓아 보내지 못하고 살점을 한 점씩 던져 주었습니다

그렇게 시간을 거슬러 무덤까지 갔지요

상계동에 살 때는 무덤이 가까워서 무서운 게 없었는데

이제는 무덤에 가까워질수록 오금이 저리고

할 말 못 할 말을 하게 됩니다

어머니 아버지 이 못난 불효자식을 용서치 마시고

푸른 돼지고기 맛 좀 보셔요

술은 석 잔 석 잔 여섯 잔

저도 한 잔 하고요

살아 계실 적에 저도 살아 있었습니다
그게 모든 원흉이지요
88년에 어머니와 아버지는 뭐가 좋다고
합방을 하고 새로운 생명을 연출하셨을까요
집도 절도 없이 딱 하룻밤 만에
저는 그런 긍휼한 용기를 배우지 못해
오랫동안 음식 투정을 하였습니다
생일에 절을 올리는 일이 부모의 일이 아니라 자식의 일이 되었음
제가 살며 잘한 일이란 오직 그것뿐
현아 누나 제가
무덤 앞에 식은 돼지고기를 몇 점 남겨두고 왔을까요
정말이지 사는 게 무섭습니다
이렇게 인생은 되돌아볼 만한 것이지요
불을 끄고 냄비를 내려 손을 넣고 뜨끈뜨끈하게 산 것을 꺼내 도마 위에 올리고
썰어 먹었습니다
저는 아직 쫓겨나지 않았고 쫓겨날 부류에 속해 있으나
이제 비계의 맛을 알아 어른입니다

고향에 계신 어르신들께 전화를 넣어
무탈하시지요 묻는 일이
부모 된 도리라고 하셨던가요 자식 된 도리라고 하셨던가요
누나를 만나고 돌아오면 꼭
없이 살아서 그래
먹고 자고 싸던 때가 생각납니다
현아 누나
무탈하시지요

전언

순부 씨
그곳은 비바람이 잦아들었나요
이기셨나요

이곳은 아침부터 작은 눈발이 날려
늙은 사람들의 사자성어가 되었습니다
어째서일까요 모두
흰머리가 되어서 한집에 모여 앉아
윷을 던지고
게를 삶아 먹었습니다
이도 없이 고소했겠지요

일소일노一笑一老
늙은이들에게 배울 만한 건 배워서
저도 이제 많이 늙었습니다
구호도 잊고 전화카드 한 장도 가물가물합니다
언제라도 지치고 힘들 때
내게 전화를 하라고
순부 씨도 그때는 영 감상적이었지요

양말도 챙겨 신지 않고
등목할 때 제가 볍씨를 몇 개나 떼어냈는지 몰라요 누가 범민족
아니랄까봐
우리가 동지였던가요

같이 잤지요
한 이불 속에서 노래하다가
망측하게 같은 꿈을 꾸었습니다
조국의 폭주 기관차에서 내렸잖아요
바다를 보려고
해변을 걸어 끝까지 갔는데
갔지요 두 발을 땅에 딛고
게를 푹푹 삶아서 배부르게 먹고
도개걸윷모
말을 다 뺄 때까지 꿈은 이어졌습니다
바다도 못 보고
저는 더는 못 하겠어요
당신은 저와 갈 길이 다른 사람
에구머니, 꿈을 쨍그랑 깨뜨렸지요

동지의 앞날을 누가 알았을까요

약팽소선若烹小鮮
작은 생선을 말려 보냅니다
작다고 무시하지 마세요
순수한 거랍니다
순부 형
어제는 앞니가 빠지더니 정이 깊어지더랍니다

청첩

금희야
책장에서 너의 청의 호수를 빼서 보았다
아무도 모르게 몰래
들었다
너는 여기에 이 푸르고 넓은 호수를 어떻게 감춘 거니
언제 숨겨둔 거니
내게 남은 건 이 풍경뿐이야
여보

내가 죽고 너는 살았어야 해
호수에 갈대가 무성하구나
갈대밭에서 소피를 보다가
모기에 물리고
발목에 침을 바르고
떠돌다가 간 금희야
네가 간 곳으로 가보았다
북방계 호랑이 두 마리가 흰 콧김을 내뿜으며
호수로 달려가더라
피를 뚝뚝 흘리는 것을 입에 물고

눈이 벌겋고
네가 갈 데까지 간 곳이
그렇게 생명에 가까운 곳이었다니
안심되더라, 여보
책을 열면 꿈이 없고 책을 닫으면 꿈이 있지

금희야 펼칠수록
넓어지는 금희야
펼칠수록 넓어지는 마음이 우리에게도 있었지
혀를 물고 죽자고 했잖아
소설인데
눈은 오지 않고 바람만 불어서
멀리서 종소리가 들려왔다
조종이었다
누군가 떠났다가 돌아왔구나
네가 편의점 도시락을 먹다가 눈물을 보였다
여보, 엄마 얼굴이 생각나
금희야, 뚝

너의 호수는 참 아기자기하구나
찢어질 것 같구나
물에 젖으면
영영 못 돌아올 것 같구나
이런 걸 용케도 숨겨두고
갔구나
책장이 무너지고 나서야 알 건 뭐니
너의 청의 호수는 무거운 거로구나
봄이 오면
산에 들에 피는 꽃
그 꽃잎을 따서 전을 부쳐
상에 올리자고 하였더니
여보, 아버님이
어젯밤 금희 얼굴이 보였다
눈물은 여럿이 찢어 먹어야 제맛

금희야
여러 어른과 벗들을 모신 앞에
한 쌍 원앙의 짝을 맺으려 하오니

부디 오셔서 새 복음자리에
한없는, 네가 쓰다 말고 나를 봤지
그때가 기회였다
달아나
갈대를 보다가 하나를 뜯었더니
다 사라지더라
너의 청의 호수
이토록 연결되어 있던 거구나
종잇장같이 생사가
여보, 호숫가에서 피를 닦는 호랑이에게 물었지
잡아먹습니까, 잡아먹혔습니까

금희야
영원을 잘 세워서 책장을 받친 후에
너의 청의 호수를 잘 접어서 다시 넣어두었다
내가 죽고 네가 살았다니
내게 남은 게 너의 피와 살과 뼈로구나
천천히 물 위로 얼굴을 내밀어도 돼
오른손에는 돌 왼손에는 갈대

두 손을 가슴에 올리고서 흘러가
한없는

오 은

그것 외

1982년 전북 정읍 출생. 2002년『현대시』등단.
시집『호텔 타셀의 돼지들』『우리는 분위기를 사랑해』
『유에서 유』『왼손은 마음이 아파』『나는 이름이 있었다』.
〈박인환문학상〉〈구상시문학상〉수상.

그것

　처음에는 움직였다 고체인데 속에는 액체가 흐르고 있다고 했다 몸의 어느 부분에서는 기체가 만들어진다고 했다 그 기체를 내뱉는 동안 살이 붙는다고 했다 나가면서 들어온다고 했다 고체는 커지고 액체는 늘어난다고 했다 감싸 안을수록 눈에서 빛이 난다고 했다 편이 된다고 했다 한번 먹은 마음을 뱉어내지 않는다고 했다

　움직임은 재빨라지지 않는다고 했다 한 공간에만 머물러서 그렇다고 했다 고체는 가만있을 때 더 커질 수 있다고 했다 액체는 어떤 상황에서든 잘 돈다고 했다 기체는 자면서도 이동한다고 했다 액체와 기체가 결국 고체가 된다고 했다 응고와 승화가 반복되면서 가치가 커진다고 했다 한번 먹은 마음을 소화시키지 않는다고 했다

　상처는 무조건 감싸야 한다고 했다 허물도 감싸줘야 한다고 했다 단, 헤어질 때만은 감싸고돌면 안 된다고 했다 눈빛도 마주치면 안 된다고 했다 붙였던 정을 순식간에 떼야 한다고 했다 그래도 내일은 온다고 했다 그래야 내일이 온다고 했다 움직일 때보다 움직이지 않을 때 더 사랑받는다고 했다 처음보다 나중에, 통짜보다 부위가

　가치를 살려주는 일이라고 했다 부위별로 다 쓸모가 있다고 했

다 부위별로 다 다른 차를 타고 이동한다고 했다 다시는 만나지 않는다고 했다 고체와 액체와 기체가 전국 방방곡곡으로 퍼진다고 했다 가치가 있다면 외국에 갈 수도 있다고 했다 산은 산이요, 물은 물이라고 했다 어차피 땅으로 갈 운명이라고도 했다

공중으로 어떤 것이 치밀어 오르기 시작했다 바닥으로 어떤 것이 소리 없이 떨어졌다 감싸 쥐지도 않았는데 맺히는 순간이 있었다

플라즈마plasma라고 했다

그

살코기를 먹어야 한다

걷다가 문득 고기를 떠올렸다 고기 생각이 난 것인지, 고기 생각을 한 것인지 명확하지 않았다 고기 생각만 분명했다 그것은 불판 위에 있다가 전골냄비 안에 들어가 있다가 어느새 갖은 양념에 버무려진 채 접시 위에 올라와 있었다 비곗살이 떠오르기도 했지만 곧바로 도리머리를 쳤다 살코기가 좋다 순살이 당긴다

몸이 허한지 자문할 때조차, 그는 걷는 일을 그만두지 않았다 걸음을 멈추면 생각이 사라질지도 모른다 고기에 다가가듯 잰걸음을 치니 허기를 참을 수가 없었다 고기를 시키고 기다리는 시간처럼 입속에 침이 고였다 은색 쟁반에 담긴 고기가 테이블에 놓일 때 불판에서 피어오르는 연기처럼 어지러웠다 반찬이 하나둘 놓이기 시작한다는 것은 임박했다는 것이다 은색 집게를 들어 고기를 뒤집는 상상을 하니 팔뚝에 소름이 돋았다

고기 생각은 걷잡을 수 없이 커졌다 1인분이 2인분이 되고 자정이 넘어 오늘이 어제가 되듯 자연스러웠다 육즙이 진한 꽃등심, 담백하고 부드러운 안심, 씹을수록 고소한 목심, 독특한 풍미가 혀를 휘감는 채끝살, 조직적으로 연한 우둔살, 육즙과 골즙이 어우러지는 갈비살, 씹는 맛이 가장 좋다는 치마살, 쫀득쫀득한 갈비덧살,

감칠맛이 일품인 제비추리, 자면서도 아롱거리는 아롱사태……

　정육正肉과 정육精肉이 다른 것처럼, 고기는 점점 선명해졌다 부위별로 특화된 조리법이 있는 것처럼, 식욕은 갈수록 명백해졌다 살코기는 막연하지만 정육正肉은 뾰족하지 냉장고에서 꺼낸 고깃덩이를 도마 위에 놓듯 걸음에 힘이 들어갔다 그가 그것을 쫓아가는 것이 아니라 그것이 그를 쫓아오고 있는 것 같았다 고체와 액체와 기체로 이루어진 어떤 것이, 생각만으로도 배부르면서 배고픈

　그는 심호흡을 하고 고깃집에 들어갔다 몇 분이세요? 점원이 웃으면서 물었다 혼자입니다 점원이 위아래를 훑어보았다 한 명이라고요? 한 명, 두 분, 세 분…… 혼자는 분이라는 단위를 얻기엔 과분한 모양이었다 혼자여도 괜찮아 혼자여서 편해 하지만 고기는 먹을 수 없지 뼈와 힘줄, 기름기를 죄다 잃은 살코기처럼 혼잣말을 했다 혼자라서 외로워 혼자니까 배고프지 점원의 눈빛이 정육正肉처럼 정확해졌다

　정육正肉을 먹어야 한다

　임박한 것들이 있었다 들이닥치는 것과 밀려가는 것 사이에서, 그는 서 있었다 저울 위에 있는 고깃덩이에서 핏물이 뚝뚝 떨어지

고 있었다

너

　너는 번호표를 뽑고 의자에 앉는다 표에는 327이라고 적혀 있다 삼백이십육 명이 이미 여기를 다녀갔거나 아직 여기에 있다는 말이다 의자는 나란히 늘어서 있고 사람들은 그 위에 나란히 앉아 있다 나란히 아무 말도 하지 않는다 표에 번호를 매긴 최초의 사람을 떠올린다 표에 번호를 매겨 순서를 만들고 순서대로 볼일을 볼 수 있게 만든 사람 너와 나를 구별하고 누군가에게 생각지도 못한 이득을 가져다주는 사람 토요일 밤마다 인생 역전을 꿈꾸게 만든 사람

　화장실에 가던 중, 너는 바닥에 떨어져 있는 번호표를 발견한다 번호표에는 214라고 적혀 있다 그 번호는 한 시간 전에는 효력이 있었을 것이다 지금은 지나간 번호다, 되돌아갈 수 없는 숫자다 화장실에 다녀오니 그사이 일곱 명이 일을 보고 갔다 어쩌면 한두 명은 졸거나 딴생각을 하다 타이밍을 놓쳤을지도 모른다 여기서 한번 지나간 숫자는 결코 되돌아오지 않는다 사정을 해도 별도리가 없다 저도 급해요 오랫동안 기다렸단 말이에요 지금은 제 차례라구요!

　다음 번호를 알리는 소리가 들릴 때마다 사람들의 고개가 일제히 들린다 아직 한참 남았는데도, 화장실에 몇 번을 더 다녀와도 되는데도, 반사적으로 앞을 바라본다 혹시나 하는 마음은 사그라

지지 않는다 214도 그랬을 것이다 326과 328도 마찬가지일 것이다 숫자와는 달리, 볼일은 보기 전에도 볼일이고 보고 나서도 볼일이다 딩동 소리가 나고 볼일을 본 사람의 자리와 볼일을 볼 사람의 자리가 바뀐다 딩동설처럼, 우리는 앞사람을 집요하게 흉내 내고 있다

   뚫어져라 쳐다보면 문이 열릴 것처럼, 절실하게 바라보면 순서가 앞당겨지기라도 할 것처럼

   나란히 앉아 번호가 되어가고 있다

   너는 오늘 327번이었다

나

혼자 있고 싶을 때는
화장실에 갔다

혼자는
혼자라서 외로운 것이었다가
사람들 앞에서는
왠지 부끄러운 것이었다가

혼자여도 괜찮은 것이
마침내
혼자여서 편한 것이 되었다

화장실 거울은 잘 닦여 있었다
손때가 묻는 것도 아닌데
쳐다보기가 쉽지 않았다

거울을 보고 활짝 웃었다
아무도 보지 않는데도
입꼬리가 잘 올라가지 않았다

못 볼 것을 본 것처럼
볼꼴이 사나운 것처럼

웃음이 터져 나왔다
차마 웃지 못할 이야기처럼
웃다가 그만 우스꽝스러워지는 표정처럼
웃기는 세상의 제일가는 코미디언처럼

혼자인데
화장실인데

내 앞에서도
노력하지 않으면 웃을 수 없었다

우리

괄호를 열고
비밀을 적고
괄호를 닫고

비밀은 잠재적으로 봉인되었다

정작 우리는
괄호 밖에 서 있었다

비밀스럽지만 비밀하지는 않은

들키기는 싫지만
인정은 받고 싶은

괄호는 안을 껴안고
괄호는 바깥에 등을 돌리고
어떻게든 맞붙어 원이 되려고 하고

괄호 안에 있는 것들은

숨이 턱턱 막히고

괄호 밖 그림자는
서성이다가
꿈틀대다가
출렁대다가

꾸역꾸역 괄호 안으로 스며들고

우리는
스스로 비밀이 되었지만
서로를 숨겨주기에는
너무 가까이 있었다

너

　고유명사로 태어났지만, 너는 대명사로 불리는 일이 많았다. 너
희라고 선을 긋는 사람, 우리라고 뭉치는 사람, 자네라고 끌어당기
는 사람도 원래는 모두 고유명사였다. 네 안에서 명사를 버리려고
애쓰면 애쓸수록 너는 점점 고유해졌다.

　태어날 때 너는 형용사에 가까운 사람이었다. 빛나고 귀여운 사
람. 멋지고 아름다운 사람. 유연하고 발랄한 사람. 사람들은 너를
보면 기분이 좋다고 했다. 없던 기운이 생긴다고 했다. 너의 성질
은 물과 같았고 잠잠한 상태보다는 넘실대는 상태에 가까웠다.

　어린 시절에는 수사와 친했다. 첫 번째로 하겠다고 손을 드는 일
이 많았다. 하나, 둘, 셋을 외치고 골목을 달음박질하는 일도 잦았
다. 친구들이 늘어날 때마다 대명사를 사용하는 빈도도 늘었다. 무
수한 너, 그중 네가 가장 좋아하는 너는 곧바로 네 단짝이 되었다.

　단짝과 함께 있으니 너는 동사가 되었다. 상태에서 벗어나 움직
이기로 마음먹었다. 여기에서 저기로, 저기에서 또 다른 저기가 된
거기로. 동사가 되고 나니 명령하는 일이 늘어났다. 가만있어. 아프
면 안 돼! 좀 웃어. 울지 마. 사랑해?

　너는 조사를 탐했고 네 단짝은 관형사에 집중했다. 네가 너밖에
없다고 고백할 때 네 단짝은 그 말을 한 사람의 의미로 받아들였
다. 그때까지는 좋았다. 그뿐이었다. 관형사에는 원래 조사가 붙지

않아. 차갑게 돌아선 네 단짝은 단박에 그 사람이 되었다.

　그때부터 너는 부사에 탐닉하기 시작했다. 너를 부풀리고 너를 쪼그라뜨리는 데 많은 에너지를 쏟았다. 너무 힘들고 매우 예쁘고 굉장히 배고플 때가 많았다. 네 의견이 분명해지면서 정작 너는 희미해졌다. 느닷없이 부끄러웠다.

　감탄사가 되었을 때 너는 깨달았다.

　아, 이 문장이 아니었구나!

링반데룽[*]

　여기에 왔습니다

　하얗군요 *빽빽하군요 다음 행으로 넘어갈 수가 없어요 산문시
잖아요 흐르는 의식을 따라잡을 수가 없어요* 말이 끝나기도 전에
다음 말이 튀어나와요 *말들이 뒤섞여 수라장이에요 의식에도 각성
이 필요하죠* 참다못해 엔터키를 눌렀습니다 *다음 행이 시작됐겠군
요* 맨 앞이 나타났어요 *나중을 향한 기대 같은 것은 없었지요* 미처
행을 바꾸지 못한 말들이 웅성거리고 있었습니다 *서술어를 만나지
못한 주어는 갈팡질팡했지요 움직여야 할지 형편을 따져야 할지
성질을 드러내야 할지 도통 알 수 없었거든요 의식이 거기서 멈춰
버린 것처럼 말입니다* 그냥 산문이잖아요 네?

　다시, 여기에 왔습니다

　새하얗군요 *그사이에 더욱 질렸으니까요 빽빽하다 못해 빠듯하
네요 시간이 그만큼 흘렀으니까요 여기는 여전하군요 모든 게 다
제자리에 있는 것 같아요 구두점 하나도 몸을 틀거나 자리를 옮기
지 않았네요 의식하고 있으니까요* 다음으로 나아갈 수 있을까요?
엔터키를 누른다고 새로운 길이 나타나는 것은 아니지요 *여기에만
오면 그래요* 여기는 아득한데, 여기는 나를 옥죄는 게 분명한데,
왜 나는 자꾸 여기로 오게 되는 걸까요 *각성이 문제를 해결해주는*

것은 아니니까요 아무래도 이 말들을 원래의 행으로 돌려보내야겠
어요 여기의 밀도가 그만큼 더 높아지겠군요 네?

　여기에서 여기로 왔습니다
　그러게 말입니다

　그런데 말입니다
　저 발자국들은 다 마침표인가요?

* Ringwanderung : 등산할 때 짙은 안개 및 폭풍우를 만나거나 밤중에 방향감각을
잃고 같은 지점을 계속 맴도는 일을 뜻하는 독일어.

유희경

따끈함과 단단함 외

1980년 서울 출생.
2008년 『조선일보』 등단.
시집 『오늘 아침 단어』『우리에게 잠시 신이었던』
『당신의 자리—나무로 자라는 방법』.

따끔함과 단단함

너는 그것을 그릴 수 있어
커다랗고 커다래질 그것은
천장을 뚫고 올라간단다
하늘보다 높게 자라고
우주만큼 높게 자라는 거야
우주보다 높은 건 없지
우주는 넓고 넓으니까
너는 그것을 그릴 수 있어
커다랗고 커다래질 그것은
넓어지기 시작해서
운동장보다도 넓어지고
동물원보다도 넓어지고
해보다도 달보다도 넓어지고
계속계속 넓어지다가
끝나버린단다 끝나는 거야
끝은 깜깜해 보이지 않지
끝이 없는 것은 없지만
너는 그것을 그릴 수 있어
커다랗고 커다래질 그것은

뿌리가 없단다 끊어버렸지
낳은 것들을 거두고
거둔 것들을 키운단다
슬픈 것을 슬퍼하고
좀처럼 웃지 않지만
따끈하고 단단할 것이며
단단하고 따끈해질 것이며
네가 그릴 수 있는 그것은
흔들리려고 하고 있구나
벌써 흔들리고 있구나
커다란 소리를 내면서
커다랗고 커다래질 그것은

십 년

저물녘이 되었다 온갖 한쪽이 붉다 당신이 묻은 것만 같다 나의 세계 나의 얼룩 당신이 묻었다니까 우리가 보낸 십 년 같다 서로 모르는 돌멩이처럼

저물녘은 해석이 되고 본심은 그림자가 길다 창문에는 온통 그런 이야기뿐이다 기대어 있는 것들이 걸어간다 전부 적지 않은 문장같이 너무 많아서

우리는 자주 앓을 것 저물녘 창가에 서게 될 것 돌멩이를 굴려보 듯 서로를 생각하게 될 것 세계와 얼룩의 이야기를 만들어갈 것 여전히 적지 못하는 문장처럼

그건 그것대로 당신 같아서 밤이 되었다
십 년의 다음처럼 창밖은 깜깜해졌다

돌아오는 길에

장례식장에서 돌아오는 길에
배가 고프다고 생각하면서
불 밝힌 분식집을 지나칠 때
우리는 언제 다정해지는가
그런 생각이 들었을 때 마침
건너야 하는 육교 계단 앞에서
건너야 할까 망설이게 될 때
무심코 몇 계단 올라섰을 때
올해는 새 정장을 사야겠어
다짐하는 마음이 되었을 때
작년에도 그런 생각을 했지
많이 떨었었는데 겨울이었나
그 겨울은 누구의 장례였나
잘 기억이 나지 않을 때
그렇게 슬퍼지고 말 때
우리는 언제는 가까워지는가
차고 단단한 육교에 올라서서
싫다 하고 내뱉게 될 때
홑겹 입김이 사라져갈 때

육교의 난간에 기대서 있다가
이쪽도 저쪽도 길이 아니게 될 때
그럼에도 많은 것이 여전할 때
여밀 것도 말할 것도 없으면서
떨고 있다고 생각을 할 그때에

동경

동경에 비가 내리네 동경의 밤에 비가 내리네 그 밤을 그 비가 긋고 있네 어둑한 비가 내리는 동경 커다란 시계탑의 커다란 시곗바늘의 커다란 시간을 지나 동경에 닿고 동경의 빗소리가 되는 동경에 나리는 비* 동경의 빗소리 칠 초에서 영 초로 가는 비가 영 초에서 칠 초로 돌아가는 동경에 내리는 비 시계탑 앞 가로등 불빛을 흔드네 손바닥만 한 세계의 작고 환한 점 하나가 흔들리네 사라진 빛을 흔드는 동경의 비 사라진 빛이 되지 못하는 동경에만 있는 빗소리 젖어가는 동경에 내리는 칠 초 동안의 영원한 비 주머니 속처럼 깜깜한 동경에 내리는 비 동경에 내리는 빗소리 동경이 아니고서는 아무것도 아니어서 그만둘 수 없는 동경에 내리는 비 동경에 있는 빗소리

* G의 문장과 영상에서

어머니의 진료를 위해 찾아간 병원 로비에서

눈을 떴을 때, 창밖에 뜰이 있었다 베개는 푹신하고 슬픈 상상은 남아 있질 않고 주사약이 방울방울 떨어지고 왼쪽 눈에는 거즈가 붙어 있는데 왜 곁에 아무도 없는 것일까 그런 중에도 그것은 높게 자란 향나무 그늘 아래 잡초들 무성히 자란 작은 뜰 거기서 무언가 빙글, 빙글 돌아가고 있었다 그것이 무엇인지는 창틀에 가려져 잘 보이지 않았다 거기 사람이 있었으면 좋겠다 그가 소리 내어 울어 주면 참 어울리겠다 그러나 향나무와 향나무 그늘과 키 큰 잡초와 빙글, 빙글 돌아가는 것만이 있고 우는 사람은 없고 무엇을 기다리는지도 알 수 없이 깜빡 잠들어버렸다는 기억을 볕과 나란히 앉아 차례를 기다리다 문득 떠올리고 말았다

생각의 방식

　그것은 뼈였다 축축했고 가벼웠다 돌려주면서 나비 같아 비가
내리는 것처럼 손바닥이 젖어 있었다 냄새를 맡아보았다 마른 흙
이 젖은 흙 쪽으로 무너져 내리는 소리 발목까지 잠겨서 나는 발을
빼내려고 애쓰면서 이것은 무슨 의미일까 어쩐지 좋은 일이 생길
것만 같다고 요즘은 그런 생각을 많이 하니까 그럴 것 같다고 짐작
하면서 건네받으니 그것도 뼈였다 단단했고 말라 있었다 뒤로 감
추면서 나풀나풀 날아가 뒤에 숨은 것은 누구일까 뼈는 대답하지
않고 뼈에는 소리가 없고 마른 흙 쏟아져 젖은 흙 위에 쌓이는 소
리 발목까지 잠겨서 그러나 나는 무섭지 않았다 좋은 일이 있을 테
니까 요즘은 그런 생각만 하니까 그렇지 않니 이름을 부르려고 하
다가 그러지 않았다 그럴 수는 없었다

이것이 나의 차례

　더 이상 비가 내리지 않는 거리 아직 우산을 접지 않은, 우산도 접는 것도 잊고 소리 내어 웃고 있는 남녀가 있다 통화 도중 성을 내고 끊은 둘째 동생이 있다 (여기에는 없지 너의 옆에는 무엇이 살고 있니) 나는 셔츠의 단추를 하나 더 풀어 드러낸 맨살 만진다 닿음과 닿음 사이 만지는 것과 만져지는 것 거기 여기부터 여기까지 이것이 나의 차례 그것이 나의 기회 肉도 骨도 얻지 못한 나의 한계를 생각한다 설명도 조립도 되지 않는 의심과 희망은 알아서 잘도 자라난다 여전히 덥고 그저 덥다 쓸모가 없이 물기 먹은 한여름보다 더 가문 손금이 말라가는 모양을 숨기는 더는 비가 내리지 않는 거리에서 나는 熱氣를 쓰고 덮고 말라가고 있다 의미를 지우며 다음으로 걸어가 다음을 걸고 있었다

장수진

호시절―거위 없는 밤의 호숫가에서 외

1981년 서울 출생.
2012년 『문학과사회』 등단.
시집 『사랑은 우르르 꿀꿀』.

호시절

—거위 없는 밤의 호숫가에서

그는 말했다 한쪽 눈썹이 없군요
멍든 모나리자를 닮았지요, 나는 미소 지었다

컴컴한 무릎 뒤로
흘긴 눈초리처럼 가느다란 눈썹달을 접고 앉은
늙은 우리는

꾸벅꾸벅 끄덕이며 찬 공기를
한 입씩 먹었다 한 입씩

엉터리 파도가 구석에 처박혔다

붉은 수염을 지닌 거위들이
우르르 좌르르 총총거렸다

그는 제법 훌륭한 시인이었지요?
레닌그라드발레단 소속의 물리치료사로서
최선을 다했던
죽은 이의 발목도 어루만져주었대요

누가요?

시인이요

그는 훌륭한 치료사였군요

레닌그라드발레단 소속의 시인으로서

최선을 다했던

그는 총살감이에요

누가요?

시인이요

나치를 찬양했잖아요, 여보

쇼스타코비치의 7번 교향곡이 흘러나왔다

열한 쌍의 남녀가 호수 위에서 군무를 추기 시작했다

근육질의 여자들은 각자의 파트너를 들어 올렸다

남자들은 모두 엘리베이터 수리공이었다

그들은 오르락내리락하며 콧노래를 불렀고 땀을 흘렸다

어떤 이는 아마추어 성악가처럼 서툴고 씩씩하게 노래를 불렀다

호수 건너편에서 들려오는 폭격 소리와 미세하게 어긋나며

그의 몸이 높이, 아주 높이 떠오를 때면

그는 온 힘을 다해 제일 높은 음을 냈다
간간이 소름 끼치는 쇳소리가 나고
꽁꽁 언 흙이 허공에서 탄알처럼 쏟아져 내렸지만
아무도 추락하지 않았고
그들은 지치지 않았다

음악이 사라졌다, 거위도
남자들은 호수 밑으로 빠르게 가라앉았다
근육질의 미망인들은
주먹으로 언 파도를 깨부수며
사내들의 콧노래를 장송곡 삼아 따라 불렀다
이윽고 모두가 사라져버린
거위 없는 밤의 호숫가에서

나는 말했다 한쪽 수염이 없군요
부서진 전함 같지요, 그는 말했다
우리 생애 가장 좋았던 시절은
전쟁 중이었어요, 나는 미소 지었다

여보, 저길 봐요

젊은 남녀가
배가 푹 꺼진 소년의 시체를 끌고
꽁꽁 언 호수 위를 건너가고 있었다

매

빛은 떨어지고 매는 날아오른다

오래된 선지자처럼
가장 아름다운 유리 천장의 주인공인 그림 사내는
턱 끝으로 모호한 방향을 가리키며
빛의 침대 위에 길게 누워 있다

매는 나타나고
매는 맴돌고
매는 사라진다

길들여지지 않을 것이니
사냥을 할 것이니

에나멜 유약을 바른 색유리 밖으로
한 무리의 털북숭이들이
서로를 흉내 내며 구두끈을 묶는다

벌 받지 않기 위해 조아리는 자들의 뒷목을

매는 낚아챈다

매는 생각하지 않는다

어느 유리 조각이
가장 신비로운 빛을 만들어내는지
자신을 잉태한 빛은
그리스도의 것인지
아폴론의 것인지
자기 자신의 것인지
그저, 창문 주인의 것인지

불면증에 걸린 자들은 왜 불멸을 묵상하는지

빵과 우유를 양손에 쥔 채
서푼짜리 배우처럼 벌벌 떠는 그들은
영원히
어떤 말들을 잊어버리게 되는지

작은 구두 속에서
주인의 뒤꿈치를 파먹으며 몸집을 불린
뚱뚱한 고통들이
깡마른 신의 가호를
모조리 밟아 죽이는 동안

매는 고뇌하지 않는다
악의도 적의도 없이
죽을 때까지
죽일 뿐이다

구오의 일기

　당신이 42195군요. 나를 구오라 부르는 42196은 말했다. 이곳의
연필은 지우개죠. 우리의 이름과 생일을 지우죠. 이름은 다들 비슷
하지요. 죽음의 순서를 가리키고. 그러니까 당신은 나보다 하루 혹
은 한 시간 정도 먼저 죽을 수 있고, 아니면 내가 먼저. 어쩌면 거
의 동시에 모든 것이 사라질 수도 있겠죠. 당신과 나의 모든 것.

　육신. 거죽.

　6이 오늘 내게 부러진 십자가 조각을 건넸다. 3의 것. 3은 기울
어진 세면대에 얼굴을 처박은 채 죽었다. 양어깨가 뒤로 꺾여 쇄골
은 부러졌고, 고꾸라진 자세였지만 턱은 위로 들려 있었다. 그것이
사람의 죽음이 아니었다면 로댕을 깔보는 희대의 예술품이 되었을
것이다. 굳어진 3의 몸부림은 너무나 처절해서 어쩌면 3의 마지막
비명이 수도관을 타고 아프리카 사하라쯤으로 건너갔을지 모른다
고, 어디든 멀리 가는 것이 좋은 거라고 6이 내게 말했다. 그의 머
리는 여전히 세면대에 방치돼 있다.

　사하라. 아메리카만큼 큰 황무지. 가까운 별. 크기, 세기, 방향 예
측 불가능한 바람. 필요한 것은 비와 풀.

수용소에 새로운 놀이가 생겼다. 6은 제 멜빵이 참 마음에 든다고 했다. 바지가 벗겨지면 일그러진 사타구니를 내가 볼 테고 그것이 저는 싫으니, 서로서로 신사처럼 굴어보자 했다. 신사 게임. 타이를 매듯, 구두를 털듯 우리는 마주 보고 팬터마임을 했다. 그런데 우린 너무 말랐다. 끔찍할 정도로 말라서 서로에게 가까이 갈 수 없다. 나의 한숨에 6이 픽, 쓰러질 것 같다. 조심해야지.

오늘 아침에는 침상 정리를 하며 자유를 느꼈다. 오후에는 포크 사이로 빠져나가는 물살을 보며 또 한 번 자유를 느꼈다. 자유. 자유.

오늘 안 것. 3이 지니고 있던 것은 부러진 십자가가 아니었다. 타일 조각을 돌로 갈아 만든…… 그런 것도 작품인가. 잘 모르겠다.

허브와 루트, 감자 껍질을 먹으며 6은 더욱 말라간다. 날갯죽지가 곧 그를 들어 올릴 것 같다. 세면대엔 여전히 죽음이 고여 있다.

3의 뒤통수…… 핏물에 잠긴 머리는 마치, 캠핑장 울타리에 묶인 풍선 같았다. 밤의 장작불 곁에서 가만가만 일렁이는. 누가 죽든, 내일은 이런 비유를 쓰지 말자.

침대가 흔들린다. 사하라에 바람이 부는 걸까.

오늘 6이 죽었다. 샤워기에 목을 맨 그는 욕조에 두 손을 길게 늘어뜨린 채 죽어 있었다. 두 무릎은 마치 기도하듯 단정하게 굽어 있었는데 가느다란 6의 목을 부여잡고 놓아주지 않는 호스 때문에 그의 척추는 이상하리만치 곧게 서 있었다. 6의 이름을 모른다. 어쩌면 그의 이름이 빈센트일지 모른다고 나는 생각했다. 그가 전에 내 얼굴을 그려준 적이 있다.

그는 늘 두 번씩 말했다. 헝그리. 헝그리. 이곳에선 아무도 그런 말을 하지 않는다. 그는 진실과 거짓을 동시에 말하는 유일한 사람이었다.

울기 전에

목뼈를 세워 춤을 추는 여인들
컹컹 짖는 개 뼈와
여인의 다리 사이로 언뜻 보이는
백색 얼굴에 눈물방울을 그린 한 사내
웅크린 채

그대로 백 년

거리엔 쿰쿰한 음식 냄새, 벌겋고 검고
세계의 모든 접시들이 서로 눈을 맞추며 스치고
윙그르르 떠다니는 유령 9번가

몇몇은 모여 흑백 영화를 본다
1940년대 도시 사투리를 쓰는 이 영화는
철없는 레지스탕스 당원 청년이
심심한 어느 날
껌 풍선을 불며 마을 변압기를 폭파한 후
구덩이에서 안 죽고 정원에서 늙어가는 이야기다

퍼벙 퍼벙 좌아아악

불꽃은 껌과 함께 길게 늘어났다

후일 청년은
지루하고 귀찮고 이상한
병에 걸린다

울며 자빠지고
자빠지며 울고
그냥도 자빠지는

거리 상영관 앞에 모인 유령들은
자꾸자꾸 자빠지는 흑백 인간을 보며 쯧쯧쯧
측은하게 여기지도
가혹한 마음을 품지도 않았다
그냥 누군가 말했다

저게 그 뭐야, 고통……이라는 건가?

아니 아니야, 저건……

봄의 왈츠야!
왈츠츠 왈츠츠 이렇게, 이렇게 말야

겟세마네의 바보 같아 너

유령들은 웃어 젖혔다, 영원히

사는 동안 바람이 사라지지 않듯

유령의 벌어진 이 사이로
털 난 개망초가 활짝 터져 나왔다, 쉰내와 함께

다 까먹었다
왜 웃었던가
영문을 몰라 울음이 터진다

할퀴

두 잔의 술
네 쪽의 뺨
등을 맞댄 채 비밀을 누설하는 사내들

진, 코냑, 아무거나 빨리 마시고

꺼져라

이쪽,
네 뭉개진 얼굴 말이다

그렇지 내 얼굴은 어제 불탔다
바로 어제
네가 마리나를 따먹을 때
다시는 오르지 않을 망할 비탈길에서
기막힌 노을을 봤고
피곤하고
누구든 죽이고 싶을 때
증오로 가득 찬 내가

실은 사랑의 잠재력을 지녔다고 쓴
백인 보안관의 편지를 읽으며
나는 불탔다

멋지지
흔치 않은 일이야
이런 종류의 개과천선이란

나는 너를 증오해
지금부터
나는 너를 사랑해

고민 중이야
내겐 야구 방망이가 있고
손톱이 있고
총이 있어

내가 너를 쏘고
아직 죽지 않은 네가

내 불탄 뺨을 한 대쯤 갈길 수 있다면
누구의 기분이 더 더러워질까

할퀴,
나는 너를 할퀼 거야
음악이나 피아노를 사랑하는 미친놈이
건반을 두드리듯

생각하는 사람은 스위스 목욕탕으로 오세요

펑펑 우는 여자는 자신이 펑펑 뛰고 있다고 생각한다
어쩔 수가 없다

작은 주차장 안에서
전진 후진 반복하며
운전석에 앉아 가톨릭 성호를 긋는 점순

같은 시각, 점순 2는 옷을 벗고 골목 중앙에 선다

순하다는 점
여자라는 점
만만하다는 점
한국이라는 점
억울하다는 점

도대체 내가 뭘 잘못했냐는 점
어떻게 점점 더하냐는 점
이렇게 사는 건 말이 안 된다는 점 속에서

점순은 콜라를 딴다
칼칼한 목을 축이며
별로였던 영화의 한 장면을 떠올린다 한 여인이
하루 종일 같은 골목을 맴돈다
다다다다 뺨에 주근깨가 박힌 그녀는
사라졌다 다시 나타나
같은 톤으로 같은 길을 묻는다

스위스 목욕탕 어디로 가지요?

타다다다 터지는 탄산과 함께
점순의 머릿속에서
주근깨 여인은 순식간에 수십 명이 된다

스스스스위위위위스스스스스목욕탕탕탕탕탕
어어어어디디디디로로로로가지요요요요요요

거기서 거기니까, 같은 골목이라 치자
점순과 점순 2

길을 헤매는 깨순과 깨순들

점순은 생각한다
점순 2는 왜 옷을 벗었는가
처음인가 두 번째인가
그것이 누구에게 중요한가
깨순은 언제부터 길을 헤매게 되었는가
길을 묻는 여자는
주근깨가 있어야 하는가 없어야 하는가
깨순이 만약 깨순이 아니었다면
길을 헤매지 않았을 것인가

순한 여자가 옷을 벗는다는 것은
가난 때문일까
욕정 때문일까
씻기 위해서일까
숨이 막혀서일까
옷을 벗은 여자는 과연 어떻게 될 것인가
선녀?

미친 나무꾼
누구든 나무꾼을 매우 쳐라
못된 사슴……

깨순은 생각한다
길을 잃은 여자들은 어떻게 될 것인가
새풀 옷에 진주 이슬 신고
실종됐겠지
세상의 예술가들은 혹시 봄 총각의 존재를 알까

선녀의 이름은
성은 선, 이름은 녀?
선녀에게 날개를 주는 자는
성은 하, 이름은 나님?

쾅쾅
누군가 점순의 차를 두드린다
아줌마, 못 빼? 빼줘?

점순은 힘껏 페달을 밟는다
벽을 향해 돌진한다
어쩌면 스위스,
점순은 생각한다
깨순은 스위스 목욕탕에 도착했을까
그곳에 가면
날개 대신 승모근이 불끈 올라온 건장한 여인을 만날 수 있을까
태양 아래 발가벗고 누워
양 볼에 전갈자리 주근깨가 반짝반짝 올라올 때까지
코를 골 수 있을까

잠든 나를 아무도 헤치지 않았으면

졸업

안에서
무언가 죽어가고 있다
머리를 찧으며
코피를 흘리며
치고받고
밖으로 나가려고
차고 박고

바보같이 다 같이

붉은 곤죽이 되어
난로 밖으로 흘러나오고

모두 답을 적는다
덥다

장작은 누가 가져다 놓았나
불은 누가
아무도 모른다

얼마나 오래 앉아 있었는지
교실은 늘 후끈하고
시큼하다

앉은 채로 키가 큰다
굴뚝에서 무언가 시끄럽게 죽어가는 동안
교실 여기저기서 울려 퍼지는
끄윽 뼈 크는 소리
키 큰 아이들 아무
쓸모도 없이

장작은 타고

아이들은 땀을 흘리며
걸상에 앉아 책상 밖을 떠돈다
흑색 조끼 차림에
맨드라미꽃 모양의 수염을 인중에 달고 있는 교사는
뭐라 뭐라 판서를 하고

창밖에는 긴 코트를 입은 남자가
등을 보인 채
강물을 바라보고 있다

언뜻 사내를 발견한 교사는
낯빛이 어두워진다
벌벌 떨진 않지만
콧수염이 묘해지고……
그때
반에서 제일 관찰력이 뛰어난 소년이
교사를 본다
고름처럼 짙고 묵직한 땀방울
느릿느릿 흐른 것이 두 사람의 셔츠 깃에 고인다

손톱 한 점 지우개
공책 모서리 빛 한 줌 어떤 작은 것도
뭉개지지 않는 동안
죽어가는 것은 죽지 않는다
굴뚝에서 새어 나오는 소음에 대해

아무도 말하지 않는 동안
한쪽 다리를 덜컹거리는 교사를 놀려먹는 아이들은
피곤해질 뿐

포탄처럼
난로 밖으로 터져 나온 새
굉음
구깃구깃한 날개
새와 함께 솟구친
이루 말할 수 없이 끔찍한 굴뚝 냄새
교사의 옛 맨드라미
그의 짧은 한쪽 다리
물가의 남자
관찰 소년의 말 없음

따위에는
영, 무심하다

새는

죽지 않고 교실을 쏘다니다
강가의 배를 향해 맹렬히 날아
돛을 파괴한다

교사는 칠판에
졸업
이라고 적고

아이들은 나부끼는 새털을
더듬더듬 입으로 받아먹는다

아무도 모른다
졸업에 대해서는

황유원

틴티나불리 외

1982년 울산 출생.
2013년『문학동네』등단.
시집『세상의 모든 최대화』.
〈김수영문학상〉 수상.

틴티나불리*

초겨울 추위 속에 교회 종이 한 번 뎅그렁,
내면에 울려 퍼지는 종소리를 들으며
오늘 나의 존재는 종소리 울려 퍼지다 희미해지는 데까지

한겨울 추위 속에 교회 종이 한 번 뎅그렁,
내면에 몰아치는 눈보라 소리를 들으며
내일 나의 존재는 도자기 잔 속으로부터 대기 중에 울려 퍼지다
대기와 뒤섞여 더는 구분할 수 없게 되는 지점까지

뜨거운 물과 오렌지 향이 나의 내면으로 흘러 들어와
나의 전신에 퍼져 나가는 이 겨울

지금 차가운 창밖으로 고개 내밀어
네가 육안으로 볼 수 있는 데까지가 나의 내면
추위로 얼굴 온통 얼어붙고
너의 흰 뼛속에 스민 추위가 스미고 스미다
희미해지는 데까지가 나의 전신
희미해지다 마는 곳 너머까지가 너의 영혼

고요해진 눈밭에 교회 종이 한 번 뎅그렁,
잘 정리된 흰 수염 같은 세상
종소리에 모두들 내면엔 금이 가도
외면엔 여전히 차디찬 고드름

쨍그랑, 술잔을 부딪치던 시절은 이제 안녕
술 없이도 취해 있고
더 이상 취해도 취할 수 없는 날들까지가 이 겨울의 끝

테이블 위에는
식어빠진 찻잔 속에 곤히 잠든 오렌지차가 한 잔

---

* 에스토니아의 작곡가 아르보 페르트의 작곡 기법으로, '작은 종' 또는 '일련의 종소리'
를 뜻하는 라틴어 틴티나불룸tintinnabulum에서 가져온 말.

신비한 로레토 교회

로레토, 로레토
발음하는 것만으로도
360도로 두 번 회전하여
성가대석으로 올라가게 해주는 3음절

거기서 부르는 성가는
로레토, 로레토
다시 한 번 360도로 두 번 회전하여
우리를 더 높은 곳으로 올라가게 해주고

로레토, 로레토
서른세 개로 된 나선 계단의 끝을 향하여
일 년에 하나씩 오르면
모두 33년을 살고서야
성가대석에 앉게 되는구나
하는 생각을 하며
빙빙 도는 사이

로레토, 로레토

위에서는 벌써
그곳으로 가 있는 사람들이 부르는 성가가
회전하는 목소리로 들려오고

그곳에서 바라보는 산타페 만의 바다는
내가 저 나선 계단을 오르기 전의 바다와 하나
다를 게 없겠구나

한 걸음 한 걸음 계단을 걸어
올라가다 보면
뭔가 되감고 있다는 느낌

한 걸음 한 걸음 계단을 걸어
내려가봐도
풀리진 않고 다시 또 뭔가를
되감고만 있다는 느낌

로레토, 로레토
발음하는 것만으로도

나는 평생을 다 살겠구나

로레토, 로레토
이 교회는 곧
나선 계단처럼 차곡차곡
무너져버리고 말리

그리고 우리는 하늘의 계단을 오르리

그러고도 변하는 건 아무것도
없겠구나

불광동 성당

불광동 성당은 두 손을 모은 모양
도시 한복판에 이토록 큰 고요라니
오후 두 시의 대성당에는 아무도 없고
다만 돌들이 서로 몸을 붙여
물 샐 틈 없는 고요를 만들어주었음
멀리서 아이들 떠드는
소리 들려올 정도의 틈만 허용한 채
그건 꼭 과거로부터 들려오는 소리 같았고
고요는 고요에 몸 밀착시킨 채
곤히 잠들어 있었음
색동옷 스테인드글라스라니
마치 옛날 한국 아이들 같아
불광동 성당은 두 손을 더 꼭 모은 모양이 되고
대성당 안으로 들어가기 위해서는 우선
꼭 모은 양손에 이르는 양팔을 걸어가야 함
간절한 손바닥 안 어두운 고요 속으로 들어가본 적 있는 사람이
라면
양손을 모으는 게 고요를 모으는 일임을 알 터
고요는 쉽게 모이지 않음

특히 요즘 같은 시대에는
그러니 김수근은 여기 고요를 한데 모아놓고 떠났음
고요를 위해 굳이 입 닫을 필요 없음
고요가 숨쉴 수 있는 공간만 마련해두면
고요는 그냥 찾아옴
벽돌을 하나하나씩 차곡차곡 모아
서로 붙여주기만 해도
고요는 이미 옆에 와 있음
그냥 길 가다 우연히 안으로 기어 들어가
잠시 고개 떨구었을 뿐인데
대성당의 돌들이 대신 두 손을 모으고
그 안에 나를 허락해주었음
이것은 인간이 구축한 고요
밖에도 떨어지는 빛이
안에도 떨어지고 있었음
무슨 어린 시절 공터에라도 도달한 듯
아무 거리낌 없었음

지껄이고 있다

집에서 쫓겨나 낯선 거리를 배회하는 날,
딱히 도망갈 곳은 없고
김수영처럼 남의 집 마당에 가서 쉴 수도 없는데
해는 점점 기울고 있고
내가 갈 곳이라곤 찜질방밖에 없는 날

나는 술 먹고 뻗어 신촌의 어느 찜질방에서 자다가 게이들에게
단체로 추행을 당한 적이 있고
그들이 밤새 단체로 헉헉대는 소리에 밤잠을 못 이룬 적이 있은
이후로
웬만하면 찜질방에서는 자고 싶어 하지 않는 인간인데

내가 갈 곳이라곤 다시, 찜질방밖에 없는 날―

기둥 위로 기어 올라가
거기서 모든 여생을 보냈다는
어느 주상행자柱上行者의 심정이 문득, 이해되기도 하는 날이다

내려가봤자 뭣하겠나

영원히 토라진 사람의 심정으로
나 자신에게라도 복수하고 죽자는 심정으로
그렇게 세상과 자기 사이에
금을 그었던 사람들

전쟁이 있기 전에는 알레포도 아름다웠다지
(전쟁이 있기 전에는 사실 모든 곳이 다 아름답지)
하지만 전쟁은 늘 불가피하고
성 시메온이 살아 있었을 때
거기 교회 따윈 없었어
18미터짜리 기둥 하나가 덩그러니 놓여 있었을 뿐
기둥 위로 올라가 36년간 단 한 번도 내려오지 않았던 한 노인
이 있었을 뿐

알레포는 분노와 슬픔에 압도되었지!
아무래도 드론으로 촬영한 공습 이후의 알레포는
현재 우리들의 정신 상태를 대변하는 듯해
우리들 영혼의 옷을 모두 발가벗긴다면
그보다 나은 꼴을 보여줄 수 있는 사람이 과연 몇이나 될까

잘해봤자 두세 명 정도?

영혼 같은 건 없다고 주장하는 사람들의 마음이
오늘의 나와 같겠지
나라고 영혼 같은 걸 믿고 싶어서 믿는 줄 알아?
그거라도 있었으면 좋겠다는 거야
그것마저 없으면 정말
어쩌지?
하는 심정에
그게 있다고 무작정 우겨대는 거란 말이야
고집 센 황소처럼
뿔로 단단한 벽을 처박아
거기 균열을 내기도 전에
나 스스로 균열이 나고 마는 거란 말이야

불과 2006년에 이슬람 문화의 수도로 선포됐던 그곳에서
더 이상 기둥 위로 기어 올라가는 사람은 없어

대신 한국의 어느 한 병신이

기둥 위로 기어 올라가지 않고도
기둥 위에서 옴짝달싹
아무 데도 갈 수 없을 것만 같은 경지에 올랐네

분노와 슬픔에 압도된 알레포……

기둥 위로 기어 올라가 거기서 평생을 산 사람의 심정이 이해된
다니
넌 그게 지금 나한테 할 소리니??

그러나 나는 내려가지 않기로 한다
아직은 꿈속이고
나는 꿈속에서라도 이렇게
그 누구의 방해도 받지 않은 채
혼자 있고 싶으니까
혼자 있게 해주세요
제발

나는 더는 딱히 할 말이 없고

    마흔이 가까워져 김밥천국에서 혼자 하는 식사는 정말이지 더럽게 맛이 없고

    그러나 마지막으로 딱 한마디만 더—

    나라고 왜 그 기둥 위로 기어 올라가
    종생토록 내려오고 싶지 않을 때가 없겠는가
    그 위에서 누가 먹을 거라도 올려주면 게걸스럽게 감사하게 개처럼 받아 처먹고
    아무도 먹을 걸 올려주지 않으면
    그냥 잘됐네, 하고 거기서 굶어 죽고 싶은 마음이
    나라고 왜 안 들겠나

    그 반 평도 안 되는 공간이 문득, 그리워지는 것이다
    전생에 난 그 위에서 굶어 죽은 게 분명해
    그곳만 생각하면 문득, 사라진 고향 땅이 다 떠오르는 것이다
    편안하다
    생각하면 편안해지는 유일한 공간이
    마음 놓이는 공간이 겨우

기둥 위라니……
운다
참으로 불쌍한 인간이다
딱한 인간이다
그래도 그 위엔 아무도 없으니까
아무도 올라오려 하지 않을 테니까
나는 비로소 숨통이 트일 것이다
하늘만큼 숨통이 트여 하늘의 말을 마구마구
지껄여댈 것이다!

소나무야 소나무야

청산도에는 할머니 소나무가 있다
할머니가 사라져 잠들지 못하는 아이에게 할머니가 저 소나무로 변한 거라 말해주자 오늘도 아이는 소나무 아래로 가 울음을 그치고 잠이 들었다

다 지어낸 얘기다
옛날부터 바닷가에 살고 싶어 했고 지금은 청산도로 와 살고 있는 여자가 지어낸 얘기를 듣고 아아, 하는 사람은
죄다 관광객들뿐이겠지만
그 얘기는 그걸 들은 한 사람을 정말로 놀라게 했고
진짜로 아이들이 소나무 아래로 가 잠들게 만들었다

그리고 어느 날 나는
그 여자네 민박집에서 하루를 묵고 온 너에게서 이 이야길 전해 듣게 되었다
밤이 깊어서야 돌아와 전화로 이런저런 얘길 들려주던 네가 그날 왜 거기 혼자 갔었는지는 이제 기억도 나지 않지만

찬 바람이 밀려오는 창문, 그걸 꼭 닫아준 나는

마침내 아주 커다란 소나무 아래로 가 누울 수 있었다
이미 너무 많은 아이들이 와 잠들어 있었지만
먼 밤바다가 재워주는 소나무의 잠은 튼튼했고

자다 깬 몇몇 아이들은 소나무 위로 올라가 먼 바다를 내려다보
며 아주 커다란 이야기를 아주
대담하게 지어내기도 했다 먼 바다만큼이나 크고 아주 어두운
이야기를 밤새 지어내도 밤은 도무지
끝날 줄 몰랐고
아무래도 안 되겠다는 듯
아이들은 그만 다시 소나무 아래로 내려가 하나둘 잠이 들었다

오지 않는 잠도 억지로 밀어 넣으면 뿌리를 내리는구나,
라고 말하지 말지며
오늘도 술 한잔 없이는 제대로 잠을 이루지 못하겠구나,
라고 말하지도 말지어다
다들 이 소나무 아래로 와서
소나무야 소나무야, 언제나 푸르구나
하는 힘찬 노래를 들을지어다

그렇게 노래하는 힘찬 잠에
오늘도 뿌리까지 뽑힌 채 쓰러져
곤히 잠들지어다

절 전화

찬 바람 불면
돈도 신도도 없이 달랑
혼자 있는데
사찰 음식은 무슨 사찰 음식이냐고
힘없이 대답하던 그
스님 생각이 난다
사찰은 무슨 얼어 죽을……
음식 종류가 빼곡히 적힌 그 설문지는 텅
비어 있었다
이제 더는 채워질 일 없는 빈
국그릇
밥그릇처럼
사실 먹지도 않는 걸 먹는다고 체크하고 그냥 다음 페이지로 넘
어가도
아무도 모른다
누가 알 것인가
어차피 다 에너지와 똥오줌으로 분산되고 말 것들
어떤 절 전화는
목에 힘 잔뜩 주고 딱, 딱, 딱, 딱, 마, 하, 반, 야, 바, 라, 밀, 다, 심,

경…… 어쩌고 하는 컬러링 소릴 들려주고
　또 어떤 절 전화는
　졸졸졸졸 개울물 소리나 찌르르르 새소리 따위
　소위 자연의 소리…… (바쁠 땐 그것도 참 듣기 좋더군)
　그 와중에 그냥 뚜— 뚜— 거리는 연결음만 울려대는 암자는
　어쩐지 진짜 같지만
　진짜는 이렇게 찬 바람 부는 날
　돈도 신도도 없이 달랑
　혼자 있고
　그것만이 진짜 진정한 상태라고 생각되기도 해서
　더욱 추워지는 것이다
　자꾸 야속해지는 것이다
　찬 바람 불면 문득 생각나는 것들
　이를테면 십 년도 더 전 어느 포구에서의 엠티 마지막 날 술자리
　은근슬쩍 너와 같은 테이블에 앉으려다 실패해
　다른 테이블에 앉아 자꾸 그쪽만 바라보며 술을 마시다
　혼자 밖으로 걸어 나왔을 때 불어오던 늦저녁 찬 바람……
　지금도 떠올리면 저 멀리서 불어오기 시작하는 그 바람은
　진짜다

찬 바람 부는 날
너도 나도 그만
진짜가 되고 마는 날
지나치다 싶을 만큼의 무심함이 필요하다
이 전화 알바가 끝나고 나면 나는 핸드폰 따윈 그만 던져버리고
다시 저 찬 바람 속으로 걸어가야 하는 거겠지
돈도 신도도 없이 달랑
혼자라면
죽을 때도 혼자일 텐데
그게 벌써 몇 년 전 일이니
어쩌면 벌써 죽었는지도 몰라
사찰 음식이라니
사찰 음식이라니……
사는 게 뭐고
죽는 게 뭔지
시간은 이렇게 잘만 가는데
밥 한 숟갈 떠먹여주지 않아도
혼자서 잘만 가는데
성불하세요, 라는 말 한마디 없이

목숨이라도 끊어지듯
전화 한 통이 이렇게 또
쉽게 끊어지는데

만져본 빛

서가에 꽂힌 법화경 1권을 꺼내본다
커다란 부피에 비해 너무 가벼워 좀
놀라고
책을 펼치자 보이는 페이지가 너무 하얘 또
놀란다
거기엔 글자가 하나도 없었고
처음부터 끝까지
우둘투둘한 점들만이 튀어나오거나
들어가 있었다
손가락을 갖다 대고 무턱대고 첫 장 첫 줄부터
더듬어본다
아무리 더듬어도 알 수 없는 뜻
뜬 눈으로 봐서 그렇다
뜬 눈으로 봐서 새하얀 백지의 빛
눈을 감자
이번에는 방금 본 흰 빛이
나의 내면에 이미 쏟아져 들어와 있는 것이 보였다
한 자도 이해하지 못했지만
모든 걸 이해받은 느낌

이 빛은 푹신푹신하구나
잠시 물에 빠뜨렸다 건져 올려
흰 바람에 말린 책처럼
벌레 하나 기어가다 책이 덮여도
어디 하나 뭉개지지 않을 것 같아
그 책을 다시 서가에 꽂아둔다
내가 만졌을 뿐인데
나를 만져준 책이
다시 서가에 있다
종이로 되어 있어
만질 수 있는 빛이
3권까지 있다

역대 수상시인 근작시

바가텔Bagatelle 2 외

황동규

불가사리 외

이수익

네 번째 바다의 두 번째 연인의 서른세 번째 파도
―220볼트 커넥터 1 외

박상순

황동규

바가텔Bagatelle 2 외

1938년 평안남도 숙천 출생. 1958년 『현대문학』 등단.
시집 『어떤 개인 날』 『풍장』 『버클리풍의 사랑 노래』 『우연에 기댈 때도 있었다』
『비가』 『꽃의 고요』 『겨울밤 0시 5분』 『사는 기쁨』 『연옥의 봄』 등.
〈현대문학상〉 〈대산문학상〉 〈미당문학상〉 〈만해대상〉 〈호암상 예술상〉 등 수상.

바가텔Bagatelle 2

이즘처럼 인공지능 밤낮없이 단수 높인다면
그에게 인간다움 넘겨줄 때 오지 않을까.
사람들이 휴대폰에 눈 파묻고 횡단보도 건너다
서로 부딪치기도 하는 뇌회색 거리 위로
아침놀 저녁놀이 있는 듯 없는 듯 떴다 졌다 할 것이다.
잿빛 비둘기 두엇 비실비실 땅을 쪼며 걸어 다니고
웬일인지 가깝게 들리는 먼뎃 종소리가
뭔가 보인다는 듯 비음鼻音 넣어가며 딩, 딩, 댈 것이다.
'딩, 인공지능에게 넘겨줄 인간다움이
그대들에게 있는강?
차라리 인간이라는 외나무다리를 건너
무언가 건넌 인간이 되면 어떨깜, 딩!'

여기가 어디지?

—알고 보니 털별꽃아재비였군

이게 무슨 꽃?
발길을 멈춘다.
엄청 큰 애벌레처럼 냄새 역하게 꿈틀꿈틀대는
쓰레기 더미 막 벗어난 곳,
숨 한번 깊이 들이쉬자
무슨 일이신지? 바싹 다가서는 꽃.

몸엔 털 수부룩, 동그란 초미니 해바라기 얼굴
가장자리 빙 둘렀던 꽃잎 모두 뽑히고
공작 가위로 오린 듯 쪼끄만 꽃잎 다섯을
듬성듬성 붙인 꽃.
의아한 표정 지으려다 슬쩍 미소로 바꾸는
늙은 광대 같은 꽃.
같이 미소 지으려다 마음이 섬뜩, 늙은 광대라니?
주위를 둘러본다.
여기가 어디지?

—어디긴, 발길 멈춘 곳이지.
여기를 얼마나 더 벗어나야

험한 곳에서 '이게 답니다 꽃' 피운 자와
딴생각 없이 마주 보며 미소 나눌
여기가 아니어도 좋은 여기에 닿게 되겠는가?

산 것의 노래

아픔을 별처럼 노래한 만델스탐*의 시를 읽다
현충원으로 산책 갔다.
높은 자들의 묘역에 오르는 계단 양옆의 향나무들이
전정받고 있었다.
자연스레 사방으로 뻗치던 가지들이 잘리고
모두 동그랗고 가지런한 나무들이 되고 있었다.
가지 잘릴 때
나무들은 속으로 치를 떨지 않았을까?
가지 하나는 전정 톱에 잘리고도
몸에서 떨어지지 않고 한참 건들거렸다.

산 것이 인간 마음에 들려면
자연스런 제 모습을 포기해야 하는가?
인간도 힘 거머쥔 자의 비위 거슬리지 않으려면
가지 자르고 동그래져야 하는가?
그러지 않는다면?
좀 단순해지자.
압수 피하기 위해 만델스탐이
새로 쓴 시들을 아내에게 몽땅 외우게 하고

시 없는 시인이 되어
시베리아에서 흔적 없이 사라져야 하는가?

* Osip Mandelstam : 러시아 시인. 문학 모임에서 스탈린을 희화하는 시를 읽고 이곳
저곳 유배되다 시베리아에서 증발하듯 세상을 떴다. 그의 주요 시는 압수를 피해 모두
외워두었던 부인이 해빙기에 기억에서 꺼내 출판했다.

안개

눈 뜨자 정신이 뽀얗다.
드디어 내가 흐려지기 시작했구나!
더듬더듬 안경 찾아 끼고 창밖을 내다보니
8층 아래 주차장이 안 보였다.
그러면 그렇지, 새벽꿈은 멀쩡했는데
정신이 알아채고 안개경보를 내린 거지.
그런데 무슨 꿈이었더라?
길 건너 아파트 공사장에 드나드는 대형 트럭이
뿌웅 소리 냈다.
그래, 안개 속에 방파제를 걷다가
조그만 콘크리트 등대 조형물 세워논 곳에서
안개경보 고동을 들었지.
그 소리 울리지 않았다면
잠결에 건너편으로 건너갔을까
중도에 물에 빠져 허우적댔을까?

이 안개 개기 전
빌라로 가득 찬 현충원 가는 길 가운데
가장 멀게 가는 길에 남아 있는 낮은 담장 집

조그만 꽃밭에 속삭이듯 피워논 꽃들을 보러 가리라.
문 앞에서 복술이가 엎딘 채 꼬리를 흔들고
꽃들은 서로 이야기 나누다 '이제 오네요,' 표정 짓겠지.
참, 그 집도 지난해에 빌라 나라로 넘어갔는데
나 왜 이러지?
왜 이러긴? 내가 나에게 소곤댄다.
안개 낀 김에 모르는 척 한번 가보지 그래.

매화꽃 흩날릴 때

—남해에서

며칠 동안 꽃샘바람 잘 견뎌낸 꽃잎들
오늘은 바람 별로인데 흩날린다.
민박집 마당에도 장독들 사라진 장독대에도
등어리에 푸른 이끼 얹은 돌담 너머로도.
핀 자리에서 시들지 않고
날다 가는 게 얼마나 신명지냐!

살아 있는 것들이 너도나도
가진 것 안 가진 것 다 꺼내놓는 이 봄날,
묵묵히 서 있던 백목련들
늦었다는 듯 하얀 촛불들 일제히 치켜들고,
빈 나무줄기였던 산수유들
화사하게 노란 옷들을 차려입었다.

꺼내놀 게 따로 없는 사람은 뭘 내놓지?
빈 장독대에 올라간다.
머리에 꽃잎 몇 내려앉는다.
없는 장독 뚜껑 대신 몸의 뚜껑 열듯
크게 기지개를 켠다.

간장 버린다! 소리가 들려온다.
상하면 일낼 게 아직 몸 어디에 담겨 있다니!

일곱 개의 단편斷片

나이 80 생일 앞두고 이백李白을 새로 읽으니 슬픔과 시름 사이의 간극이 새로 느껴진다. 슬픔은 그의 시 여기저기 서리처럼 박혀 반짝이지만 시름은 그의 시 속에서 장강長江으로 흐른다.

*

늙어도 아픔은 방금 뱀 입에 물린 개구리같이 생생하다. 아픔을 노래하자.

*

돌이켜 보는 청춘은 늘 찡하다. 추억이 제일 더디 늙는가. 추억 속에 언어를 출렁이게 한다면.

*

시를 쓸 때 때로 말을 비틀라는 말을 듣는다. 말을 비틀다니! 그건 개그맨의 일. 시인은 말에 의해 비틀리는 자이다. 말에 비틀리면 비트는 말의 근육과 뼈가 보인다.

＊

　선사들의 선문답을 읽을 때 문답하는 자들의 삶이 같이 읽힌다. 오늘날 씌어지는 선시禪詩 대부분은 선 냄새를 풍길 뿐. 선이여, 선 냄새를 버려라.

＊

　마크 로스코의 그림을 보다가 비평가 오생근이 말했다. '지루하지 않습니다.' 덧붙인다. '속이 안 보입니다.'

＊

　사랑과 죽음, 이 두 가지는 AI가 앞으로 계속 체득하려 들 것이다. 그러나 AI가 마지막으로 가지고 싶어 할 것은 우리가 '비밀'이라고 부르는 것이 아니겠나.

초겨울 밤에

창밖엔 소리 없이 된서리 내리고 있었겠지.
밤 열한 시 반,
텔레비전에서 말들이 날아오다 갑자기
방바닥에 떨어진다.
깜빡 졸았나?
애써 잡은 영양 하이에나에게 빼앗긴
치타 어디 갔지?
말 대신 느낌들이 날아와 귓바퀴에 박히며
꼬리들을 떤다.
그래 알겠다.
안 들어도 알겠다.
뭘 이뤘다고 다 제 게 되는 게 아니다.
남기면 남이 되고 모자라면 내가 된다.
그래도 남겨라, 이거지.
가만, 이런 생각들도
창밖의 된서리를 피할 수는 없을 거다.
길 잃지 말자고 나뭇가지에 매어논
색 바랜 리본들로나 남을까.
젖은 눈 내리면 영락없이 상처로 보일 거다.

이수익

불가사리 외

1942년 경남 함안 출생. 1963년『서울신문』등단.
시집『아득한 봄』『푸른 추억의 빵』『눈부신 마음으로 사랑했던』
『꽃나무 아래의 키스』『처음으로 사랑을 들었다』『천년의 강』『침묵의 여울』등.
〈현대문학상〉〈정지용문학상〉〈한국시협상〉〈지훈문학상〉〈공초문학상〉등 수상.

불가사리

항문이 솟아올랐다, 그리고
입은 바닥에 숨어 있다.
내가 싫어하는, 그리고 너도
싫어하는, 저 붉디붉은 괴물
불가사리.

험악하다. 입이 조개를 물 때
다섯 개의 팔이 오그라들면서 움직이지 못하도록
흡입하는 그 장면이
유독 징그럽게
떠오르는 것은

불가사리,
너의 붉은 가면에 숨겨진 치밀한 독기가
그만 나를 압도하기 때문이다.
울퉁불퉁한 깔판이 거북하게도 나를
위협하기 때문이다.
다가설 수 없는 섬뜩함이 너에겐 있다.

치명적으로 붉게 타오르는
불가사리,
지금 내 마음의 어떤 부위를
갉아먹고 있는 거니?

동성애자 1

침묵은 다디단 액체처럼 내 입안을
적신다
아무런 말도 없이,

동성애자끼리의 물리칠 수 없는 결합이
서로의 어깨를 끌어안고 그 자리에
쓰러진다
아무 일 없다는 듯이,

고요가 흘린 침 사이로 당신이
지나간다 연거푸 내가 지나간다
얼굴을 하얗게 뒤집어쓰고 있는,

지금
이 순간

자두, 굴러가는 생각

자두는 굴러서 식탁 모서리로 간다 여름날 채광이 환한
빛살 속에서 자두는 굴러갈 방향을 궁리하는 듯, 잠시 멈춘다
나의 손이 재빠르게 그 앞을 가로막는다 위험하게도 불안이
폭발할 것처럼, 나와 자두의 거리는 한없이 좁다 식탁 모서리에
어두운 위기가 밀려온다 그 사이를

자두는 거리를 재고 있었던 것 같다 가야 할 거리가 얼마쯤인지,
  이렇게 멈추고 있는 자리에 검은 사제복을 입은 신부가 미소를
흘리면서
  걸어 나온다 나는 불룩해진 성욕을 짓누르며 겸손하게도 무릎
을 꿇고
  하늘을 향해 경배를 드린다 자두는 붉은 치욕을 한 모금씩 뱉어
내면서
  나의 손아귀에 사로잡힌다 참을 수 없이, 나는

  위기를 조금씩 벗어나고 있는 것 같다 하루살이처럼 애끓는 마
음으로
  무너져 내린 돌들을 옮겨놓아야겠지 돌 위에 돌, 돌 밑에 돌, 돌
옆에 돌,

돌들이 서로 섞이니깐 만만한 기분이 들어서 좋다 나도 이젠 흙
이 되어서
　돌들을 가득하게 품어주는 따사로움이 될 거야 자두는 금세 쾌
활한 빛깔을 띠면서
　물컹하게 내 입안을 적신다 뜨거운 여름이 한껏 부풀어 오르면
서

움직이는 사막

모래는 부서져 내린 바윗덩어리에서
사라진 황금의 시절을 희미하게나마 떠올릴 것이
아니라, 모래는 지금도 거룩하게 살아 있다는
그래서 펄펄 날아오르는 전신의 기백이 모래벌판에 가득 차게
흘러넘치는
무한질주의 쾌감으로 굽이치고 있음을
한바탕
보여주려는 듯이

사막은
살아서 대기층에 더 가까워지려는 듯 거대한 몸부림으로
꿈틀거린다. 보라, 어젯밤을 씻어버린 듯 붉은 모래알들이
바람결을 따라 새로운 지평을 열며 끊임없이 소리친다. 우우우,
거칠게 성난 폭주처럼 밀려가고 밀려오는 바람들이 새로운 성
을 쌓고
오래된 성을 무너뜨리는, 또 한 번의 변주가 순간을 위대하게 만
든다.
거침없이 타오르는 불꽃들이 광야를 휘몰아치면서 기괴하게도
물들인다.

방울뱀들이 미끄러운 곡선을 그리며 모래 틈 속으로
사라졌다가, 놀란 듯이 붉고 흰 꽃으로 활짝 피어나고
커다랗게 부푼 유방과 허리, 엉덩이를 빼닮은 굴곡진 언덕들이
순간을 잠시나마 지배할 따름이다. 건조한 열풍과 기습적인 뇌우가
펄럭이는 사막에는 살 것은 살고, 또한
죽을 것은 죽는다.
엄숙한 신의 계시가 내려진 듯 낙타와 사보텐처럼 그렇게
치열한 생존 경쟁이 너희에게는 있다.

오늘도 사막에는 숨찬 바람결이 새로운 지각을 만들면서 공중에다
모래 폭포를 흩뿌린다.
또다시 붉은 모래들끼리의 사투는 현재진행형으로
끝없이 허물어지는 사구 속에 푸르게 눈 뜨는, 빛나는 존재가 있다는 사실을
알게 되리라. 사막은 지금도 불타오르며
살아 있다.

나를 낳으실 제

사기그릇처럼 깨어진
삶에는
하나하나 맞출 수 없는
놀라운 오류가
끼여 있다
침대에는 방향을 기록하는 장치가 그대로 있어서
엄마가 나를 낳은 날은 언제이며, 내가 방바닥에서 일어설 때는
언제이고, 내가 탁상 위의 꽃병을 깨뜨린 날은 언제인지 등을
알뜰하게 챙겨주는 수호신 같은, 그런 조력자가 필요한 것이겠
지만
이미 나는 부서져 내린
사기그릇
맞출 수 없이 깨어진 틈 속에서, 젊은 날
아버지 어머니의 거룩한 침묵의 밤이
고여 있다

골목길

네가 사라져버린 좁은 그 골목에
1년이 가도 10년이 가도 변치 못할
기념비 같은 내 사랑,

혹
나타날까봐

처연하게 온몸에 비를 맞으면서 기다리고 있는
이 마음

벙어리 같은, 치욕 같은, 몸부림 같은 내 사랑
그 골목길 끝에서
울고 있네

포커페이스

고양이가
이 세상에 얼굴을 드러낸 지는
4천여 년 전의 일이라고 하지만

고양이는 그것을
제 자신이 전혀 모르는 일 같기도 하고
또는 알면서도 그저 모르는 척
할 수도 있는 것

그렇게 고양이는 전혀 포커페이스의
은밀한 양동 작전에 휘말린 채 허우적거리는
우리들을
찬찬히 바라다보고 있는, 그 민첩한 교활성
때문에

나는
고양이가 좋다
고양이의 우아한 발톱과 유혹적인, 날선 눈빛
캄캄하게 내부를 숨겨둔 채 하얗게 피어오르는 교만함과

질투, 앙칼스럽지만 상대적으로 외교적 처세법을 터득한
고양이에게
나는
최고의 훈장을 수여하고 싶다

모두들 그럴듯하게 말하는 것만
믿어대는 우리 바보들에게
고양이, 너의 화려하고도 세련된 기품을
나눠주고 싶다

박상순

네 번째 바다의 두 번째 연인의 서른세 번째 파도
―220볼트 커넥터 1 외

1962년 서울 출생. 1991년 『작가세계』 등단.
시집 『마라나, 포르노 만화의 여주인공』 『Love Adagio』 『6은 나무 7은 돌고래』
『슬픈 감자 200그램』 『밤이, 밤이, 밤이』 등.
〈현대문학상〉 〈현대시작품상〉 〈미당문학상〉 등 수상.

네 번째 바다의 두 번째 연인의
서른세 번째 파도
―220볼트 커넥터 1

1968년 4월, 퀴논의 한국군 맹호부대는
8일간의 전투에 돌입했다. 바다 건너에선
멧돼지만 한 토끼 두 마리의 털이 뽑혔고
강변 기찻길 옆 학교 운동장의
철봉대는 차가웠다.
1969년 3월 14일, 15일, 16일,
사흘 동안 눈이 내렸다.

나는 아직 젊었고, 놀라웠고, 거만했고, 침착했었다.
바람이 내 심장의 선명한 오른쪽에서 다가와
왼쪽 발밑으로 흐릿하게 지나갔다.

바다 냄새를 풍기는 사람들이 건물 입구에
좌우로 서 있었다.
그들의 바다 냄새를 통과해 나는
승강기에 올랐고, 잠시 눈을 감았다.
승강기 문이 열리자 열대 해변이
네 앞에 펼쳐졌다.

열대 해변을 닮은 아주 긴 복도를 지나 문을
두드렸다. 자줏빛 입술을 가진
수증기가 문을 열었다. 내부의 벽과 바닥이
뜨거웠지만 견딜 만한 열기였다.

수증기가 먼저 말을 꺼냈다.
나는 그것을 220볼트용 내 침묵의 연결기에 관한
질문으로 이해했다. 정직하게 답했다.
수증기가 또 말을 건넸다. 나는 다시
그것을 더 세밀한 질문으로 이해했고,
길게 답했다. 나의 이야기가 조금
길어지자 수증기의 자줏빛 입술이 점점
희미해졌다.

그제야 나는 어떤 답도 필요치 않다는 것을
이해했다. 바닥이 더 뜨거워졌다.
수증기의 상체가 가로로 부풀며 사방으로 퍼졌다.
수증기의 하체가 내 허리에 축축하게 감겼다.
내 몸이 물기로 뒤덮였다. 숨이 막혔다.

입술이 사라진 수증기를 반으로 갈라 나는
수증기 사이에 길을 만들었다.
나는 아직 젊었고, 놀라웠고, 거만했고, 침착했었다.
수증기 사이로 길이 뚫리자
벽과 바닥의 열기도 조금씩 가라앉았다.
사방을 메웠던 수증기가 사라질 무렵
자줏빛이 감도는 돌들의 바닥이 드러나면서
반으로 갈라진 작은 인간의 몸체가 보였다.

나는 그 작은 인간 두 쪽을
내 침묵의
좌우 안주머니에 하나씩 쑤셔 넣고
밖으로 나왔다. 다시 긴 해변을 걸었다.

사흘 동안 눈이 내렸고, 그 사흘 뒤엔
비가 내렸다.
작은 인간 한쪽이 점점 자라나
내 심장의 오른쪽에서
안개를 몰고 왔다. 또 다른 반쪽은

내 심장의 흐릿한 왼쪽에서
240볼트쯤 되는 전류를
내 몸에 주입했다.

나는 쓰러졌다.
끈적끈적한 전기가 내 몸을 더듬었다.
그리고 곧바로 한기가 내 얼굴을 덮쳤다.
양쪽 눈에 선인장 가시가 박힌,
자줏빛 돌들의 세 번째 어머니의 네 번째 바다의
두 번째 연인의 서른세 번째 파도의,
가죽이 벗겨진 멧돼지 토끼의
차가운 발바닥이었다.

220볼트 커넥터 2

1981년 여름 한 무리 젊은이들이
남쪽 항구에 모였다. 같은 해 서부 해안에선
붉은 삼각형이 태어났다. 동시에 오래된
성황당 산길의 돌 하나가 자줏빛을
내기 시작했다. 1982년 4월, 성황당
아래쪽의 지하철 공사장이 폭발로 붕괴했다.
버스가 추락했다. 사람들이 대피했고
주변 건물의 출입은 금지되었다.
그해 12월 26일, 27일, 이틀간 눈이 내렸다.

월요일 저녁에, 내게서 사라졌던
반쪽 인간 하나를 붕괴 현장 근처에서 만났다.
제 몸의 한가운데서 자란
선인장을 내게 보여주었다.
나머지 반쪽 인간은 보이지 않았다.

몇 년 뒤, 수요일 저녁
몸의 한가운데서 선인장이 자라나는
그 반쪽 인간이 다시 나타났다.

철길을 건넜다. 강변을 걸었다.
해 질 무렵 반쪽 인간이
밤마다 자신의 선인장 위로 기어오르는
시뻘건 생명체들이 있다고 말했다.

나는 아무 일도 아닌 척
나 역시도 그런 척
반쪽 인간의 몸에서 메마른 가시를 내민
선인장만 바라보았다.
자신의 선인장 위로 기어오르는
어젯밤과 그제 밤의 시뻘건 생명체에 관한
반쪽 인간의 말이 이어지는 동안
갑자기 온몸에 힘이 빠졌다.
내 몸이 점점 옆으로 기울어졌다.

반쪽 인간이 자신의 몸을 구부려
선인장에 얼굴을 묻은 채
기울어 쓰러지는 내 몸을
밤새 받쳐주었다.

강 건너, 네온사인이 요란한 사거리를 조금 벗어난,
아주 긴 복도가 있는 실내였다.

시뻘건 생명체들이 내 몸속을 밤새
쏘다니다가
떠났다.

이틀간 눈이 내렸다.

나의 고독은 90분간 허들을 넘었다

—220볼트 커넥터 3

1983년 5월의 첫 번째 수요일,
안개가 밀려왔다.
그날 새벽의 최저 기온은 섭씨 10.3도였다.
1986년 9월 24일 수요일은 맑았고
머리와 가슴에 커다란 숫자를 박은
어린 병사들이 사격장에서
가죽이 벗겨진 멧돼지 토끼를 향해
구식 소총의 방아쇠를 당겼다. 2016년,
내 곁에 누워 있던 5월의 첫 번째 수요일은
다리를 높게 올려 90분간 허들을 넘었다.

나는 또 아주 긴 해변을 걸었다.
나머지 반쪽 인간을 따라갔다.
처음 본 그때 그곳이었다. 아무도 없었다.
벽과 바닥의 열기도 수증기도 없었다.

잠시 앉았다가 섰다가
반쪽 인간도 나도,
끝내 앉지도 서지도 않은 채

어색한 행동을 반복했다.
흐물흐물한 반쪽 인간의 하체가 좌우로 흔들렸다.
파도 소리가 점점 크게 들렸다.

반쪽 인간이
자줏빛 입술로 내게
도움을 청했다.
마지막 인사였다.

가죽이 벗겨진 토끼들이 내 머릿속에서
90분간 허들을 넘었다.

그 반쪽의 바람대로 나의 길들은 모두
물속에 가라앉았다.

6월 10일 오후의 축구 경기는 4시 18분쯤
끝났다. 그날 저녁의 기억은 없다.

그래도 나는 매일 사람입니다

1

　나는 사람입니다. 섬입니다. 잎입니다. 꿈과 보름달 사이에서 바닥으로 떨어진, 산소와 주홍 화합물 사이에서 나온 높은 소리입니다.

　커다란 창문 앞에 앉아야 한다고, 꿈과 보름달 사이에서 사람들이 말했습니다. 나도 신발을 신었습니다. 두 발로 걸었습니다.

　섬과 잎 사이, 앞사람과 뒷사람 사이, 고등어 같은 사람과 홍당무 같은 사람 사이로 바닷물이 밀려옵니다.

　그래서 나는 섬입니다. 바닷물이 가슴까지, 턱밑까지 올라온 밀물의 섬입니다. 축축한 발목이 드러난 썰물의 섬입니다.

　나는 잎입니다. 돌의 잎, 물의 잎, 사람들 사이의 잎입니다. 잎이 자랍니다. 한낮의 섬이 내 안에서 뛰다가, 한밤의 섬이 나를 피해 걷다가 내 허리에서 잎으로 돋은, 산소와 주홍 화합물 사이에서 나온, 꿈과 보름달 사이에서 떨어진.

2

그래도 나는 사람입니다. 딱딱하게 마른 화합물 같은, 산소 같은 사람입니다. 내 안에서 소리가 납니다. 머리에서 가슴으로 작은 돌들이 어쩌다가 갑자기 한꺼번에 떨어지는 소리가 납니다.

그래도 나는 한낮의 잎이 돋아나는 사람입니다. 한밤의 섬이 달려가는, 한밤의 섬이 언뜻언뜻 보이는 그런 사람입니다. 섬, 잎, 꿈, 달, 창, 발, 돌까지도 다 있는 사람입니다. 앞사람은 여전히 앞에서 가고, 뒷사람은 매일 뒤에서 옵니다.

잎이 너무 많이 자라서 허리가 조금씩 휩니다. 어젯밤 나를 끌어안다가 발목이 부러진 주홍 화합물과 온종일 햇빛 때문에 어지러운 산소 사이에서 바다가 열리는, 바다가 닫히는 소리가 납니다. 그래도 나는 매일 사람입니다.

망치 같은 이별이었음

잃었음. 새 구두를 잃었음. 서늘한 바닥에서 꽃봄이 돋아날 때, 꼭 한 번 신어보고 바닥에 내려놓은 새 구두였음. 그런데 사라졌음. 훔쳐갔음. 도둑맞았음. 초저녁이었음. 새소리를 들었음.

새벽 세 시에 집을 나왔음. 헌 구두를 신었음. 바람이 흘리고 간 밤바람 스타일의 헌 구두였음. 새벽의 꽃봄은 싸늘하고 어두웠음. 떨기나무 덤불숲도 어두웠음. 은빛 점들이 박힌 새 시계도 사라졌음, 도둑맞았음.

새벽 세 시 반에 도둑들은 떨기나무 덤불에서 새가 되었음. 날개에 붙은 어둠을 털고 나무 위로 몰려갔음. 정오가 되면 나무에서 내려왔음. 새 구두 신고, 새 시계 차고 식당에 갔음.

돈가스 처먹었음, 별 모양의 파스타 긁어 먹었음. 줄줄이 맹탕 커피 사 마셨음. 난 새벽 세 시부터 계속 걷기만 했음. 바닥에 내려놓은, 반짝이는, 은빛 점들이 박힌……

종로에서도 잃었음, 통 속에 넣어도 사라졌음, 거미 다리에서도 도둑맞았음. 덤불숲과 나무 위의 도둑들이 날렵하게 기어들었음.

빼내갔음. 사라졌음. 꽃봄은 바닥에서 쑥쑥 솟았음.

　패랭이꽃도 시금치도 새 구두를 잃었음, 새 시계도 잃었음. 그렇다고 말했음. 사실은 아님. 패랭이꽃도 시금치도 나 몰래 돈가스 처먹었음, 맹탕 커피 사 마셨음. 별 모양의 정오를 긁어 먹었음.

　새벽 세 시에 집을 나왔음. 떠났음. 버렸음. 떨기나무 덤불숲은 어두웠음. 발가락이 아팠음. 부딪혔음. 멈췄음. 컴컴한 바닥에서 주인 잃은 망치 하나 주워 들었음. 주웠다가 버렸음.

　새벽 세 시 반에 도둑들은, 꽃봄은 또 새가 되었음. 나무에 올랐음. 내려왔음. 돈가스, 거미 다리, 축축한 별 모양, 망치. 그런 새벽이었음. 그래도 꽃 본 듯, 한참을 더 살아야 할 망치 같은 이별이었음.

어린 유령들이 바닷가에서

　어린 유령들이 항구에 도착했습니다. 버스 타고, 기차 타고, 돌아서 온 먼 길입니다. 청바지를 입었습니다. 화가 유령, 천문학자 유령, 광입자물리학자 유령은 청바지를 입었습니다. 미생물학자 유령은 청치마를 입었습니다. 철학자 유령은 반바지를 입었습니다. 긴 치마를 입은 비올라 다 감바 연주자 유령의 얇은 얼굴이 바람에 나풀거립니다.

　이른 아침 항구에서 어린 유령들이 배에 오릅니다. 바다로 나아갑니다. 한 섬, 두 섬, 지납니다. 어린 유령들의 얼굴이 좌우로 흔들립니다. 화가 유령이 넘어질 뻔한 비올라 다 감바 유령의 팔을 잡아주었습니다. 미생물학자 유령은 이미 천문학자 유령의 일곱 번째 팔을 붙들고 있습니다. 철학자 유령은 멀미가 납니다.

　섬에 닿았습니다. 뒤통수에 구멍이 난 철학자 유령이 제일 먼저 배에서 내립니다. 배는 떠났습니다. 비올라 다 감바 유령의 얼굴이 거세게 펄럭입니다. 천문학자 유령의 모자가 바닷바람에 벗겨집니다. 광입자물리학자 유령이 날아가는 모자를 잡아 자신의 머리에 눌러씁니다. 눈썹에 긴 줄이 달린 천문학자 유령이 가볍게 웃습니다. 밤이 옵니다. 귀가 없는 미생물학자 유령이 치마를 바지로 갈

아입습니다. 얼굴이 가장 얇은 비올라 다 감바 유령은 짧은 치마로 갈아입었습니다.

어린 유령들이 밤의 바닷가로 내려갑니다. 목이 없는 광입자물리학자 유령이 손전등을 들었습니다. 밤의 바다가 울음소리를 냅니다. 울음소리가 어린 유령들의 얇은 발아래 쪽에서 거칠게 물결쳐 튀어 오릅니다. 머리 위에서 미친 별들이 반짝입니다. 울음소리가 유령들의 얇은 가슴속을 맴돌다가 한 섬, 두 섬, 어둠 속의 먼 바다를 삼킵니다. 밤의 바닷가에서 어린 유령들이 하나, 둘, 흩어집니다.

그녀는 오늘 네만 강변을 걷는다

땅이 닫힌다. 내 손가락이 짧은 소리를 내는 줄 하나를 팽팽히 잡아당겨 뾰족한 지붕 꼭대기에 묶는다. 둥근 금장식이 허공에 떠 있는 오래된 마을이 아주 작게 보인다, 수산화소듐의 희석액을 담은 커다란 용기가 가까이 보이고, 벚꽃나무 아래 앉아 있던 각 / 항 / 저 / 방 / 심 / 미 / 기 오래된 동쪽 별자리가 보였다가 사라지면서 무심히, 땅이 닫힌다. 보이지 않는다.

딱딱한 엉덩이를 가진 기억들이 허공으로 빠져나간다. 챙이 넓은 모자를 쓴 날카로운 기억도 밖으로 나간다. 매일 새잎을 내놓던 회색의 기억은 무겁고 커다란 화분 여러 개를 모두 수레에 싣고 나가버렸다. 식빵 봉지와 환풍구 덮개를 들고 침구류 판매점 앞에 서 있던 물렁물렁한 내가 보인다. 팽팽히 잡아당긴 줄 위로 미끌미끌한 내 목소리를 싣고 가는 화물열차가 보인다. 어제의 나는 한 손으로 차가워진 아랫배를 누르며 낯선 곳의 기차역 대합실에 얇은 여름옷을 걸친 상체를 구부린 채 앉아 있다.

문이 닫힌다. 물이 닫힌다. 바람의 길이 닫히고, 내 몸이 닫힌다. 팽팽해진 줄의 짧은 소리가 이제 내 손가락을 묶어 땅속으로 물속으로, 닫힌 길을 열고 사라진다. 닫힌다. 환풍기 덮개를 들고 있던,

아랫배를 누르던, 오후 내내 벚꽃나무 아래 앉아 있던, 손가락들이 햇빛 속으로 빠져나갔던, 내 몸이 닫힌다. 그녀는 오늘 네만 강변을 걷는다.

심사평

수상소감

말의 경제학

이근화

딱 그만큼만 말할 수 있다면 좋을 것이다. 그러나 도저히 불가능한 것이어서 시가 쓰이는 것 같다. 가장 효율적이면서도 비효율적인 말의 운용, 그걸 시의 경제학이라 부를까 보다. 한 해 발표된 동료 시인들의 작품을 읽으면서 그들의 이야기와 행간 침묵에 귀를 기울이는 일은 언제라도 즐겁다. 어찌어찌 좀 알아들을 수 있으면 반갑고, 또 잘 못 알아들으면 불안해지기도 한다. 앎과 모름이 소소한 착각일 수도 있으니 아직은 기꺼이 시의 목소리에 귀를 열어둘 수 있는 것인지도 모른다. 단정한 말들은 고요하고 나직한 대로 귀를 순하게 만들어주었고, 거침없이 활달한 말들은 귀를 시원하게 해주었다.

황유원은 유연하고 활달한 아름다움을 보여주는 것에 능숙하다. 흘러 다니는 모든 것들과 쉽게 내통한다. 먼 밤바다가 재워주는 소나무의 튼튼한 잠을 엿보고(「소나무야 소나무야」), 나를 만져주는 푹신푹신한 빛을 품고 있는 책과 만날 수 있다(「만져본 빛」). 황유원 시의 언어는 애초에 좀 자유로운 데서 발생하는 것도 같다. 어떤 치기와 거침없는 화법 사이에서 꼭 시가 아니어도 된다는 배짱 같은 것이 느껴져서 아슬아슬할 때도 있지만 끝내는 재밌고, 거기에 잠재되어 있는 근원적 슬픔과 고통, 부끄러움과 연민 같은 것이 느껴져서 오래 시선이 머물렀다. 「틴티나불리」에서, 한겨울 추위 속에 울리는 교회 종소리가 내면에서 희미해졌다가 눈보라 쳤다가 고요해졌다가 하는 사이 오늘과 내일 사이 '나'를 더듬어가는 시인은, 끝내 구분하기 어려운 나와 너의 존재를 이야기한다. "잘 정리된 흰 수염 같은 세상 / 종소리에 모두들 내면엔 금이 가도 / 외면엔 여전히 차디찬 고드름"이라는 구절에서 완고한 현실 속에 꽁꽁 얼어붙은 우리의 모습이 보였는데, 그의 시에서 '우리'는 부끄럽고도 따뜻하니 이 온도와 정서야말로 시인의 독특한 개성이라고 할 것이다.

장수진 시인이 보여주는 극적 구성은 남다른 데가 있었으며 끝까지 기대감을 갖고 작품을 읽게 만들었다. 이상한 존재들의 낯선 목소리가 작품마다 흘러나왔다. 오늘 6과 3은 죽은 것 같은데 진실과 거짓을 한꺼번에 말하는 그의 유일성에 대한 증언으로 작품은 끝을 맺는다(「구오의 일기」). 죽은 이의 발목을 만져주는 치료사이며 동시에 나치를 찬양할 수도 있는 시인이란 존재를 이야기하다 "배가 푹 꺼진 소년의 시체를 끌고 / 꽁꽁 언 호수 위를 건너가"는 젊은 남녀를 향해 시선이 이동한다(「호시절—거위 없는 밤의 호숫가에서」). 낯선 행보의 언어와 반전의 매력, 이 세상이 아닌 것 같은 분위기 속에서도 묘하게 시로 돌아오는 힘 그게 시인의 장기여서 응원의 마음을 보내고 싶었다. 말들이 스스로 말하게 하고 씩씩하게 따라가는 용기라면 다소 '비스듬한' 시여도 좋을 것 같다. 그런데 목욕탕을 배경으로 점순이들의 이야기를 펼치거나(「생각하는 사람은 스위스 목욕탕으로 오세요」) 고뇌하지 않고 악

의도 적의도 없이 죽을 때까지 죽이는 매의 생리를 이야기할 때면
(「매」) 장수진의 이야기들은 현실과 아주 가까이 호흡하고 있음을 알
게 된다.

　오은 시인의 말들은 늘 혀에 착착 감기며 재밌었다. 그런데 그 말들
은 종이 위에서 활달하게 놀다가 이제 삶의 고단함과 존재의 슬픔을
감싸고 종이 바깥으로 뚫고 나가려는 것 같다. 마땅히 힘 있고 따뜻했
다. 같은 말들을 세 번씩 하는 o에 대해서, 저돌적인 사람이었다가 벽
앞에서 천천히 흘러내리는 사람이 되어버린 김에 대해서, 모든 품사를
가로지르며 살아가는 너에 대해서, 고기에 집착하는 그에 대해서 시인
은 끝까지 말하려고 최선을 다한다. 아픈 것은 말이 아니므로, 말을 통
해서 사람과 세상을 되돌아보게 하는 힘이 그의 시에서 발견된다. 행인
이 파는 껌이 더러운 손에 들려 있어서가 아니라 순백의 껌 포장지가
더러운 세상에서 그토록 빛난다는 사실이 못 견디게 싫은 것인데 그
무력감에 아랑곳하지 않고 그는 몇 개의 동전을 매번 용기 있게 건네
는 사람이다. 쉽게 절망하거나 회의감에 빠지지 않는 그의 삶의 태도가
다소 수다스러운 그의 시에도 배어 있었다. 그런 든든한 수다라면 언제
라도 귀를 기울여 듣겠다.

　안미옥은 타고난 감각으로 읽는 이를 붙들어 맨다. 제목과 본문 사
이의 아슬아슬한 거리와 탄력이 있었고, 한 구절과 다음 구절 사이의
묘한 연결이 시선을 끌었다. 남다른 고요와 흉내 낼 수 없이 느린 속도
로 읽는 이를 매료시켰다. 그러고 나서 시 바깥으로 빠져나오면, 이제
세계는 좀 달리 보이는 것 같다. 그러니 그 개성을 허투루 볼 수가 없을
것이다. 시인이 앞으로 나갈 세계가 막 궁금해졌다. 모르고 가는 길이
있다. 잘 몰라야 갈 수 있는 길이 있다. 앎이 독이 되지 않기를 바라는

마음 같은 것을 이제야 알겠다. 불안을 학습하지 않고 어떤 세계에 도달하기 위한 발걸음이 이미 시작되었을 것이라 믿는다.

귀가 시키는 대로 따라가보면 이 세계는 곧잘 우스워지고, 황당하고, 무섭기도 하다. 그래서 또 두려운 마음으로 온기를 더듬는 것인지도 모르겠다. 글자를 수로만 헤아릴 수 없으며 말의 함량은 따지기 어렵다. 그래서 말 없음과 말 많음 사이에 시가 길을 내며 언어의 집을 짓는 것인지도. 그것을 언어의 세계라고 말해버리면 어디 먼 곳으로 날아가버리는 것 같아 아쉽기는 하다. 그 집이 한 뼘 떠 있다는 것이 못 견디게 좋고 다행이어서 하는 말이다. ■

함께 미끄러졌다

임승유

예심 위원 두 명이 각각 열넷, 열여섯 시인의 작품을 추천하고 서로가 추천한 작품에 대한 의견을 공유했다. 명단이 겹치는 경우와 그렇지 않은 경우 모두 서로의 의도에 대해 충분히 공감했기에 이견 없이 논의를 진행할 수 있었고 열두 명의 시인을 본심 후보로 결정했다. 시를 써나가는 시인의 시간 축으로 동시에 움직이며 시를 읽어나갈 때, 이전엔 존재의 물성을 드러낸 적이 없는, 이곳을 초과하는 어떤 지점으로 시인이 미끄러져 들어가는 순간을 함께 감각하게 되는 것이야말로 시를 읽는 매혹일 것이다. 2017년 겨울에서 2018년 가을까지 문예지에 발표된 시들을 찾아 읽으며 자주 이끌렸고 미끄러졌다. 진심으로 여전히 쓰고 있는 시인들이 고마웠다.

김이강 시의 매혹은 서머타임 의식을 잊어버리고 일요일 아침 약속 시간에 한 시간 늦게 도착하는 데서 빚어지는 것처럼 보인다. 뭔가를 잊어서 남들과는 다른 것을 보게 된다고 할까. '나'만 아름답고 소중한 걸 봐서, '너'에게 말해주고 싶어서 쓰는 시. 안 봐도 사는 데 지장 없지만 보게 된다면, 아름다움에 노출됐던 경험으로 "맞은편에서 오는 버스 기사가 / 우리 버스 기사를 향해 손을 올"리는 장면의 아름다움도 놓치지 않을 수 있게 된다. 김이강의 시를 읽으며 붙박이듯 멈춰 선 장면 몇 개를 감각할 수 있었고 그게 잘 잊히지 않는다.

김현의 시는 '인간'을 소환한다. '동물의 일원이지만 다른 동물에서 볼 수 없는 고도의 지능을 소유하고 독특한 삶을 영위하는 고등동물이다'라는 사전적 의미에 그가 동의할지는 모르겠지만, '인간'이 인간 생태 구조로서의 사회에 포섭되어 살아가느라 '인간'을 희미하게 잊어가는 사태를 직시하며 꾸준히 '인간'을 소환하고 있는 건 분명해 보인다. 최근 발표된 김현의 시들을 찾아 읽으며 피와 감정을 공유하는 관계 실천으로서의 그의 '인간' 소환에 자주 불려 나가는 경험을 했다. '인간'을 자주 떠올리게 되는 인간 쪽으로 기울게 되어 혼란스러웠지만 그건 인간이라면 당연한 일 아닌가 하는 생각도 들었다. 또한 그의 독특한 호흡을 동물을 잊어본 적 없는 인간의 목소리, 혹은 인간을 잊어본 적 없는 동물의 목소리라 해도 되지 않을까, 그런 생각도 해봤다.

유희경의 시를 읽으며 모종의 고집스러운 태도를 감지할 수 있었다. 그는 일어난 사건이거나, 일어났던 사건, 혹은 앞으로 일어날 사건을 중첩시켜나가는 방식으로 연루된 자로서의 고투를 겪고 있었다. 한 번만 말하거나, 하나만 말하는 방식으로는 안 돼서 거듭 겹치고 포개며 결국은 갈 데까지 가보는 것으로 상황을 직면하고자 하는 것이 그의 시적 태도로 여겨졌다. 윤리적 태도를 견지하면서도 서정성을 놓치지 않는 점은 그의 귀한 시적 재능으로 보였다. 특히 단일 공간에 시간적 격차가 있는 서사를 중첩시킬 때 발생하는 묘한 서정성이 좋았다.

안미옥의 시는 아껴 읽게 된다. 어떤 시를 읽어도 결정적 이미지를 만날 수 있기 때문이다. 그의 시에서 '마음'은 어느 지점에서든 꼭 들어맞는 감각적 형상을 갖게 되는데, 그로 인해 역설적으로 지금보다는 나은 쪽으로 이동할 동력을 얻는다. 마음에 쏙 드는 핫한 스웨터가 있으니 며칠은 괜찮을 수 있을 거야, 그런 심정에 가까워지는 것이다. 개인적인 욕심을 앞세워 말하자면 안미옥 시인이 쓰기를 멈추는 날은 안 왔으면 좋겠다. 상을 받았으니 쉽게 그만두지는 못할 것이다. 그의 수상이 무척 기쁘다. ▪

느낌의 광활함과 깊이

김기택

　30대 후반의 나이와 시집 한 권 정도를 낸 시인들의 작품이 대부분인 후보작들에서 가장 뚜렷하게 보이는 특징의 하나는 시의 산문화 경향이다. 그 산문화는 내면의 움직임이나 미시적인 발견을 긴 호흡과 서사적인 구성으로 전개하는 것을 넘어서 비일상적인 어법이나 낯선 문장 배치로 쓴 소설 같은 형태로까지 나아가고 있다. 김수영은 "소설을 쓰는 마음으로" 시를 쓴다고 했는데, 이것은 시적 관습에 기대려는 안이한 태도를 경계하고 시를 삶에 더 밀착시키고 미지의 형식에서 새로운 시의 가능성을 찾겠다는 태도로부터 나온 말이라고 생각한다. 후보작들에서 나타나는 산문화 경향이 바람직한 것인지는 모르겠으나, 여러 작품에서 이미 알고 있는 형식으로서의 시가 아니라 미지의 세계를 탐구하려는 형식으로서의 시를 추구하려는 에너지가 감지되었고, 산문화가 그러한 노력의 산물이라면 긍정적으로 볼 수 있겠다는 생각이 든다. 압축과 생략을 강조하고 행간의 침묵과 여백을 최대한 확장시켜서 전통적인 형식으로 보이면서도 그것과는 달리 문장을 비상식적으로 비틀고 감각적인 주체를 내세워 새로운 형식을 탐색해보려는 시들도 눈에 띄었는데, 그 수는 적었지만 미지의 형식에 대한 탐구 의지는 흥미로웠다.

　두 심사위원의 의견이 일치하여 단번에 수상작으로 결정한 안미옥의 시는 두 경향의 후자에 해당한다. 그의 시에서는 느낌이 닿을 수 있는 한계까지 가려는 섬세한 촉수가 감지된다. "다 담지 못할 것을 알면서//어둠은 깊이를 색으로 가지고 있다/더 깊은 색이 되기 위해//끝없이 끝없이 끝없이/계속되는 나무//한없이 한없이 한없이/돌아가는 피"(「론도」)나 "천변을 걷다가/오리가 먹을 것을 찾기 위해/제 얼굴을 전부 물속에 집어넣는 것을 보았다//누군가에게는 전부일 수 있는/아주 작은 추//(……)//나는 얼굴을 몸속에 집어넣었다/안에서 쏟아지고 안에서 흘렀다"(「조도」) 같은 구절을 읽으면 언어가 닿을 수 없었던 막연한 느낌들이 가시적인 실체로 다가오고 몸속에서 운동하고 있는 알 수 없는 사건들에 대해 구체적으로 상상하게 된다. 그것은 모호한 느낌의 영역에 가둔 채 끝내 모르고 지나갈 뻔한 나의 어떤 존재를 체험하게 하는 것 같다. 그것은 이름이 없어서 막연하게 뭉뚱그려 내면이나 고독이라고 불렀던 어떤 느낌들에게 붙여주는 구체적인 이름이 될 수 있을 것이다. 느낌 속에만 있어서 끝내 이름을 붙일 수 없는 수많은 사건들이나 현상들에게, "온몸에 꽉 채우고 싶은 말"(「론도」)로 이름을 붙여주는 일, 그것을 통해 존재를 확장시키는 일은 시가 할 수 있는 본연의 중요한 기능이 아닌가 하는 점을 안미옥의 시는 다시 생각하게 한다. ■

체온이라는 것

장석남

　수상후보작들(모두 열두 사람)을 읽는 일은 색다른 체험이었다. 연두의 '봄날'이 있는가 하면 무시무시한(?) 괴기담 비슷한, 이것도 시일까 싶은 것들까지. 의무가 아니었다면 그저 몇 줄 안 가서 내려놓고 말았을 시들로부터 의무가 아니어도 더 찾아 읽고 싶은 매력 짙은 시까지 있었으니 색다르다고 말하지 않을 수 없다.

　요즘처럼 '시'의 경계선이 모호한, 혹은 넓어진(?) 시절도 없을 것이다. 이름이 꽤나 알려진 시인들의 시에 이를 흉내 낸 학생들의 습작시를 섞어놓으면 그것을 감별할 사람이 있을까? 실험이라도 해보고 싶을 지경인데 여기서 시에서의 개성이란 무엇일까 질문하게 된다. 시의 근원적 문법이라는 것, 시의 역할, 시의 발생 등등에 대한 회의 없이 시가 손끝에서 대량생산되는 것은 아닌가 의구심이 생긴다. 비문으로 끝없이 나열되는 '문건'도 흔히 보인다. 그것을 문학 안에서 논의한다는 것은 말 그대로 어불성설 아닐까?

후보작들 중에는, 쉽게 말해 '노동'하는 이야기, 농사짓는 이야기, 장사하는 이야기 같은, 현장성 짙은 작품은 왜 없을까? 그러한 시가 작금의 잡지에는 실리지 않는 것인가? 하는 질문이 슬그머니 올라왔다. '말의 수법'은 다양하게 보일지 모르지만 속 내용은 단순한, 그저 그렇고 그런 시들이 다수였다는 아쉬움의 소감을 밝힌다.

심사자 두 사람이 공동으로 짚어낸 수상자 안미옥의 시에는 우선 '체온'이 강하게 느껴졌다. "말에도 체온이 있다면 / 온몸에 꽉 채우고 싶은 말이 있다"(「론도」) 같은 구절에서, "왜 그냥 넘어가지지가 않을까 // 귤을 만지작거리면 / 껍질의 두께를 알 수 있듯이 // (……) // 붉어진 두 눈엔 이유가 없고 / 나의 혼자는 자꾸 사람들과 있었다"(「지정석」) 같은 구절에서 체온은 드러난다. 자신의 삶을 오래 매만진, 그리고 자신이 속한 공동체를 오래 바라보고 삭힌 마음이 간단하고 명징한 이미지로 제시되어 있는 점은 '안미옥스럽다'고 할 만했다. 커다란 꽃다발을 보내고 싶다. 다른 매력 있는 시인들이 있었으나 언급하는 것은 실례일 듯싶다. 후일에 좋은 평가가 기다리고 있으리라 생각된다. ■

깊게, 가득하게

안미옥

헤매고 있다. 늘 헤매고 있다고 생각한다. 시는 단단한 벽돌 같은 것이 아니라, 물이나 바람에도 금방 쓰러지고 무너지는 모래성 같은 것이라고. 쓰면 쓸수록 견고하게 쌓이는 것이 아니라, 다 흩어져버리고 만다고. 그런 감각 속에서 썼다. 그러다 요즘엔 흩어지고 나서 남는 것, 흩어짐 속에서만 쌓이는 것이 있다는 것을 조금 경험하고 있다.

예전에는 이렇게 살고 싶다, 이런 시를 쓰고 싶다, 그런 생각들로 나를 밀고 갔었다. 그게 무엇인지도 잘 모르면서. 무언가를 원한다고 착각하면서. 요즘은 도대체 어떻게 살아야 할까, 무엇을 써야 할까, 그런 아무것도 없는 질문이 나를 끌고 간다. 아무것도 없다고 생각하면 마음이 편하다. 삶이나 시를 내가 원하는 테두리 안에 가두지 않는 법을 배우고 있는 것 같다. 이 배움은 언제 끝날까. 그건 잘 모르겠다. 어쩌면 배움은 끝나지 않고, 계속해서 다른 차원으로 이동하는데. 그렇기 때문에 계속해서 쓸 수 있고, 계속 쓰고자 하는 힘이 생기는 것은 아닐까.

시 앞에서 나는 한없이 부끄럽고 자신이 없다. 그럼에도 불구하고 시를 더 만나고 싶다. 시를 더 깊게 경험하고 싶다. 수상 소식을 들은 날, 자전거를 타고 불광천을 한참 달렸다. 쓰고 싶다. 무엇을 쓸 수 있을지는 모르겠지만. 좋은 시를 쓰고 싶다. 질문을 놓지 않으면서 살고 싶다. 그런 마음으로 가득했다.

동시대를 살고 있는 좋은 시인들의 시를 읽을 수 있어서, 그 덕분에 나도 조금 더 용기를 내어 쓰고 있는 것 같다. 함께 쓰고, 함께 읽고 있다는 생각을 자주 한다. 밤과 낮을 지나며, 여름과 겨울을 지나며 오늘도 한 문장을 더 쓰기 위해 앉아 있는 시인들에게 감사의 인사를 전한다. ▪

2019 現代文學賞 수상시집
지정석 외

지은이 | 안미옥 외
펴낸이 | 김영정

초판 1쇄 펴낸날 | 2018년 12월 17일

펴낸곳 | ㈜현대문학
등록번호 | 제1-452호
주소 | 06532 서울시 서초구 신반포로 321 (잠원동, 미래엔)
전화 02-2017-0280
팩스 02-516-5433
홈페이지 | www.hdmh.co.kr

ⓒ2018, 현대문학

ISBN 978-89-7275-948-5   03810

* 책값은 뒤표지에 있습니다.